U0026426

# 欒城集

# 四部備要

集部

中華書局據明刻本校刊

桐鄉　陸費逵總勘
杭縣　高時顯
杭縣　吳汝霖輯校
杭縣　丁輔之監造

版權所有不許翻印

# 欒城集序目錄

物之顯晦各有其時故荆山之玉俟卞和而始獻豐城之劍待雷煥而始出鹽車之驥須伯樂而始重況文章爲天地閒至寶弗遇其人則空歷年所湮沒無聞曾謂顯晦不有時乎有宋文運弘開五星再聚故三蘇並出於眉山若文定者天性高明資稟渾厚旣有父文安以爲之師又有兄文忠以爲之友故其文章遂成大家議者謂其汪洋澹泊深醇溫粹似其爲人文忠亦嘗稱之以爲實勝於己信不誣也夫何老泉東坡全集盛行獨公所著雖附三蘇集而采輯未備雖有穎濱集而脫誤實多君子未嘗不三歎焉玉溪家有欒城集善本謀諸石川以公眉人

也故托合川欲刻之眉州合川能以是書爲己任謀諸藩臬謂公蜀產也故命有司欲刻之蜀省

蜀王殿下聞之毅然曰文定三蜀之豪傑也其文章三蜀之精華也孤忝主蜀可諉之他人乎於是令高長史鵬舒教授文明校正鋟梓以廣其傳噫文定之文固無終晦之理然匪玉溪則夜光蘊於石匪石川合川則龍精沉於獄匪

蜀殿下則驊騮綠耳混於駑駘款段又烏能有今日之顯哉玉溪乃張公名潮吏部左侍郎四川內江人石川乃張子名寰通政司右參議直隸崐山人合川乃王子名珩巡按四川監察御史直隸交河人

珍倣宋版印

蜀殿下則號適庵實我
太祖高皇帝七葉孫其樂善好古率多類此云
嘉靖二十年歲在辛丑五月吉日儀封劉大謨
書

# 欒城集序

余庚子祓
命按蜀數月得吾師王溪公所錄欒城集八十四卷
通政張子石川亦以書道公意謂文定眉之文
英其所爲文與詩宜刻於眉庶先賢精華不至
淪沒此公意也是時適秋試士未暇付之有司
既而撤闈又聞
蜀王殿下素祓服禮義學閑詩書常於寒士爲志
勢之交尤好蓄古今書籍迺與巡撫東阜公以
其集詢之
王王大悅謂三蘇西蜀豪傑宋興文運之盛以文
鳴于世與歐陽公並稱者蘇之外無聞焉文定
之文與詩又素稱冲雅不事艷麗今幸得覩其

全集卽命付諸鋟不必眉也復令長史高鵬與教授等官司其事余時亦以地方少歉南歷嘉眉公暇卽詣蘇祠訪其遺跡亦以夙仰其風也有指其池以相告者曰此東坡所濬蓮池卽其讀書處也近有生徒劚荷爲畹樹以稻其人夜夢三蘇公令人笞之旣而司道來謁詰之得其狀怒而重責之禁不得再藝衆皆異之謂東坡之精靈未泯也有指其樹以相告者曰此者老泉手所植榆也大數十圍中枯有罅可容數人牧童往往攀入戲蹂近以塵飛雨注罅漸以合而枝葉復生衆皆異之謂老泉之精靈未泯也嗚乎池開于東坡樹植于老泉數百年之後猶能使盜者被譴枯者起榮況其所爲文與詩發

乎性情會乎神景才思精緼盡在于斯使其淪沒不傳於世彼文定者其在天之靈又當何如也邪或又曰眉舊有三蘇集迺前大巡朱兩崖檄其州守所刻也謂三蘇眉人而眉無集刻亦所以重其里也但板已昏漶而詩體未備終爲缺典也然則今日斯集之刻是又不但補蘇集之未備而文定公數百年才思所發得以流布天下垂諸不朽其視東坡之蓮老泉之榆水木花草一物之微尚克永世者豈可同年語邪歸成都適集刻告成因以所聞者爲

王言之

王喜其說謂此正不忘先賢遺澤之意也遂書以爲序

嘉靖辛丑夏五月巡按四川監察御史前翰林
吉士交河王珩序

珍倣宋版印

# 欒城集凡例總目

一文定謚議共七葉原本在三卷目錄之後今冠諸目錄之前以謚議重自朝廷而三集亦公生前事也

一欒城三集目錄舊總一冊今惟前集附謚議後而後集三集俱附各集前蓋以類相從且便閱也

一詩類同題各出除同卷相去不遠者歸併餘仍因之如九日九首散見於後集三集凡三出之類意亦隨年遞書云爾

一廟號舊本每空二字今一直書下時非宋也

一欒城集舊五十卷今幷目錄總九百七十二葉

一欒城後集舊二十四卷今幷目錄總三百四十

三葉

一欒城三集舊十卷今并目錄總一百零九葉

凡例總目畢

# 蘇文定公謚議

承淳熙三年七月十三日

勑中書門下省尚書省送到吏部狀准禮部關准都

省批下故門下侍郎蘇轍定謚事今具下項一准禮

部關承淳熙三年二月二十四日　勑試禮部尚書

兼侍讀兼給事中兼吏部尚書趙雄劄子奏臣竊詳

國朝故實名臣既歿而不乞謚者往往因臣寮建請

特賜徽稱故楊徽之之謚文莊宋綬寔請之宋祁之

謚景文張方平寔請之張方平之謚文定蘇轍寔請

之凡以尚賢報功昭示無極

聖王之所以寵綏臣子者於是至矣臣伏見故門下

侍郎蘇轍初以制舉對策受知

仁宗乍起草萊而鯁亮切直之聲固已震耀天下晚

乃歷踐臺省遂躋政途其絕學長才嘉言讜論與夫
進退終始大節天下公論可考不誣而寥寥數十年
易名之恩未加在於　盛明之朝總覆之政誠爲
闕典況自頃歲
陛下加惠蘇軾　賜謚文忠　德音流行天下傳誦
轍之平生梗槩與軾略同而官達過之臣愚欲望
聖明依軾近例特與蘇轍賜謚以示褒勸臣謬司拜
禮職所當言況有宋綬張方平建請故事則區區僭
越之罪或可望於　裁赦也取　進止三省同奉
聖旨依令禮部太常寺擬定申尚書省續准淳熙三
年四月十五日　勅三省同奉
聖旨今後王公及職事三品以上法應得謚并勳德
節義聲實彰著不以官品特命謚者並先經有司議

定申中書門下省具奏取　旨依舊制更不命詞止
備坐所議給告吏部牒本家照會禮部太常寺今擬
定謚曰文定道德博聞曰文安民大慮曰定幷承議
郎行太常博士章謙撰到謚議一本頭連在前伏乞
朝廷詳酌指揮施行申都省後批禮部太常寺申擬
定蘇轍賜謚五月二十三日送禮吏部照應淳熙三
年四月十五日已降指揮施行一檢准淳熙三年四
月十五日　勅三省同奉
聖旨今後王公及職事官三品以上法應得謚幷勳
德節義聲實彰著不以官品特命謚者並先經有司
議定申中書門下省具奏取　旨依舊制更不命詞
止備坐所議給告吏部牒本家照會一尋行下太常
寺擬謚去後據太常寺申繳到承議郎行太常博士

章謙撰議曰門下蘇公歿逾六十年矣
天子始從其鄉人大宗伯之請　詔禮部奉常同議
命諡謹按諡法道德博聞曰文安民大慮曰定請以
是易公名惟公挺生西蜀毓秀山川天材最高資稟
實厚而又有父文安先生爲之師有兄文忠公爲之
師友蓋其所學所行皆本原乎家傳而文章事業卓
乎可敬而仰也嗚呼公爲元祐名臣行事在國史聲
名在天下人其誰不知之宜不待歷數以合文定之
諡者請粗陳其略觀公少年擢兩科與其父兄俱以
文名世而公之文汪洋澹泊深醇温粹似其爲人文
忠嘗稱之以爲實勝己其所爲詩騷銘頌書記論譔
與夫代言之作率大過人蓋流傳於人間散落於夷
狄者不知其幾而所謂愛重其文則一也嘗傳詩春

秋訓釋先儒之未達又注老子深窮道德之旨而發
明佛老之相類其後作古史所論益廣以删補子長
雜亂殘闕之失書成撫之而歎自謂得聖賢處身臨
事之微意末復論著歷代大抵以考古今成敗得失
爲要不務空言此其道德博聞之淵源者如是可不
謂文乎　本朝至
仁皇世可謂極盛公對制策方切切然以海內窮困
生民愁苦爲憂雖賈誼痛哭流涕之書不過也青苗
八使擾民之事其施行甚明公與王介甫陳暘叔辯
爭之尤力及元祐新政公居言路首陳
神宗變法本欲利民爲社稷長久之計而民力顧因
之以凋弊者其原皆起於大臣蔽塞聰明之所爲由
是蔡呂之徒竟皆貶竄然新政既孚事勢一定大臣

乃有儌引用熙豐舊臣爲自全計者公手疏千餘言極論君子小人之不可並處而爭小人必勝非朝廷安靜之福蓋是時公之所爭議大者唯黃河西邊二事次則差顧役法也深知黨臣之撼搖在位者幸四弊之不去以藉口而已故又爲之論奏願詔大臣正己平心無生事要功之意因弊脩法爲安民靜國之術民心既得異議自消至論詩賦經義之兼行未可遽合祭天地之禮所當復三司利權之不可分皆反覆精詳未嘗不以謀國體便人情爲慮也此其安民大慮之深遠者如是可不謂定乎自後世去古既邈好文之士侈辭相高連篇累牘不出風雲月露之狀而體益以靡文則文矣非所謂道德博聞之文也清談之士高論性命視天下利害愸然不屑以動心

珍倣宋版印

殆若木偶人者定則定矣非所謂安民大慮之定也而公則異於是信其有功於治道而有德於生民文定之懿今合以謚公議者又何辭焉謹議一請本部郎中覆謚去後承承議郎行祕書省著作佐郎兼權考功郎官何萬覆謚議曰是非待謚而後定謚於往者重也數十年之後是非既定命謚以寵之謚之美惡以助勸沮謚於來者亦重也夫位足以經世要有其學才足以救時要有其心無其學未發而所到可知已無其心禍福利害皆足以移之傑然異於是蓋寡也思其人可無以示勸哉故門下侍郎蘇公轍闕不作謚邇臣以爲請有 詔禮部太常其同定之重是議也按謚法文之義十有八道德博聞莫如公優定之義有九安民大慮莫如公稱乃請謚文定上其

議考功豈非謂其有經世之學有救時之心於公無
愧歟公索深綜微得之於天嚌眞茹醇無待乎外上
窮邃古下至其時廢興治亂得失成敗之所以然皆
貫穿出入如身歷目睹少而對策有愛君之言已乃
上書陳治安之說晚年黜不用於是傳詩春秋老子
作古史載之空辭平生之所欲爲與老而不得卒其
所爲者可以槩見要其歸在於治國平天下遡其學
本末可考也初王荆公之以執政領三司條例也公
爲其屬不爲屈歷疏其不便謝去元祐初旣爲諫官
取前日所爲弊與其人悉奏論之然司馬溫公爲相
欲盡變顧役法文潞公繼之又欲回河流於東二公
清德重望最知公者公亦不以爲便蓋進退得喪好
惡怨德一不以留胸中而視百姓有繇此以重困失

職則憖焉若無以安也爲侍從不粗辨一職以塞責而止以爲天子所使以論思天下事當無不言凡冬温大旱水潦陰雪必建言某政有闕失某事當罷行有罪而不誅幾人無功而受賞又有幾賞責己當求言以開廣上意及在政府日至上前與宰相爭用人邪正邊議曲直與行事當否退而批語有不如奏對吏辯詰雖休謁出而見所舉或未善必追論之未嘗曰事不出于我非吾咎不顧也勢移事異猶狠狠論治道至謫逐不悔此其心豈擇所趨避委時於危不救者是以九年之間朝廷尊公路闢忠賢相望貴倖斂跡邊陲綏靖百姓休息君子謂公之力居多焉信也自公之貶紹聖以權臣用事

崇觀以姦臣執柄皆公昔所累疏數言不足倚以事者使公不去其言用寧有後日之禍公之去天也然公身雖屈道愈高籍雖錮於黨人天下愈推爲正臣鉅德渡江之後旌錄有　詔今距公死又六十有五年矣猶　詔易名以褒之俾爾士大夫違實飾虛貪近忘遠知苟榮於一日不顧遺臭於後世者觀公遭迴困躓顧不若鄉世好以爲身圖者之安然而此等泯泯就盡餘累汙逮孫子而公休澤顯聞乃垂懿無窮是則名節苟全爵祿不足驕公議終在邪說不能勝其亦庶幾知勸也夫文定二名豐約惟允請如博士議謹議今來本官合出告伏候　指揮七月十三日三省同奉

聖旨依

珍倣宋版印

# 欒城集目錄

第一卷

詩五十二首

珍倣宋版印

第三卷

詩七十五首



珍倣宋版印

登上水關
寒食贈遊壓沙諸君
明日安厚卿强幾聖復召飲醉次前韻
次韻柳子玉郎中見寄
秀州僧本瑩淨照堂
京師送王頤殿丞
石蒼舒醉墨堂
遊淨因院寄璉禪師
送柳子玉
送蘇公佐修撰知梓州
送任師中通判黄州
南窗
次韻楊褎直講攬鏡

第四卷

詩七十四首

珍做宋版印

第五卷

詩六十六首



珍倣宋版印

和青州教授頓起九日見寄
題徐正權秀才城西溪亭
和子瞻喜虎兒生
次韻子瞻病中贈提刑段繹
次韻子瞻賦雪二首
次韻韓宗弼太祝送遊太山
次韻劉敏殿丞送春
次韻趙至節推首夏
次韻李昭敘供備燕别湖亭
送李昭敘移黎陽都監歸洛省親
遊太山四首 初入南山 四禪寺 靈巖寺 嶽下
送王璋長官赴真定孫和甫辟書
寄孫朴

第六卷

詩一百首



珍倣宋版印

珍倣宋版印

第七卷

珍倣宋版印

第八卷
詩六十八首

珍倣宋版印

第九卷
詩七十首

再和

陪杜充張恕鴻慶宮避暑

宋城宰韓秉文惠日鑄茶

次前韻

答孔武仲

送吳思道道人歸吳興二絶

次韻答陳之方祕丞

登南城有感示文務光王適秀才

張公生日

次韻答張耒

次王適韻送張耒赴壽安尉二首

次韻張耒見寄

次韻王適兄弟送文務光還陳

第十卷

詩九十六首

寄題陳憲郎中竹軒
次韻孔武仲到官後見寄
次韻筠守毛維瞻司封觀修城三首
次韻子瞻夜字韻作中秋對月二篇一以贈
王郎二以寄子瞻
次韻王適食茅栗
過毛國鎮夜飲
次韻毛國鎮趙景仁唱和三首一贈毛一贈
趙一自詠
再和三首
次韻王適州學新修水閣
次韻毛君九日
次韻毛君感事書懷

次韻毛君見督和詩
次韻毛君山房遺興
和胡教授蒙太守策試諸生
和毛君州宅八詠 鳳凰山 披仙亭 方沼亭 翠樾亭 李八百洞 煉丹井 磨劍池 山房
次韻毛君病中菊未開
雨中宿酒務
次韻毛君經旬不用鞭扑
次韻李撫辰屯田修州門
飲酒過量肺疾復作
衢州趙閱道少師濯纓亭
茶花二首
次韻毛君山房即事十首

第十一卷

詩八十六首



珍倣宋版印

送毛滂齋郎
燕貢士
次韻毛君清居探菊
次韻毛君見贈
次韻毛君偶成
孔平仲著作江州州官舍小庵
送饒州周沃秀才免解
雪中洞山黃蘗二禪師相訪
毛國鎮生日二絕
次韻毛君將歸
送楊騰山人
次韻子瞻與安節夜坐三首
次韻毛君上書求歸未報

第十二卷

詩八十九首



珍倣宋版印

珍倣宋版印

賦短篇呈同官
和王鞏見寄三首
復次韻
孔毅父封君挽詞二首
上高息軒起亭二絕
九月十一日書事
和王適寒夜讀書
和王適新葺小室
病中賈大夫相訪因遊中宮僧舍二首
和王適炙背讀書
同王適賦雪

第十三卷
詩八十六首

珍倣宋版印

珍倣宋版印

第十四卷
詩八十五首

元絳參政挽詞
過王介同年墓
將遊金山寄元長老
元老見訪留坐具而去戲作一絕調之
元老和示小詩自謂非戰之罪復作一絕并
坐具還之
子瞻與長老擇師相遇於竹西石塔之間屢
以絕句贈之又留書邀轍同作遂以一絕
繼之
高郵贈別杜介供奉
答王定國問疾
和子瞻次孫覺諫議韻題邵伯閘上斗野亭
見寄

西山舊遊
送楊孟容朝奉西歸
次韻孔武仲學士見贈
送家定國朝奉西歸
次韻劉貢父省上示同會二首
次韻孔武仲三舍人省上
送顧子敦奉使河朔
席上再送
次韻孔文仲舍人酴醿
送錢承制赴廣東都監
次韻曾子開舍人四月一二日扈從二首
再和二首
次韻張昌言給事省中直宿

首

韓幹三馬

書郭熙橫卷

題王生畫三蠶蠋蜒二首

贈寫真李道士

次韻子瞻題郭熙平遠二絶

次韻錢勰待制秋懷

宿滎陽甯氏園

滎陽唐高祖太宗石刻像并敘

次韻劉貢父從駕

次韻劉貢父和韓康公憶其弟持國二首

聞京東有道人號賀郎中者唐人也其徒有

識之者作詩記之

第十六卷
詩一百二十首

珍倣宋版印

第十八卷

劉凝之屯田哀辭　幷敘
鮮于子駿諫議哀辭　幷敘
詩六首
太白山祈雨詩
舜泉詩　幷敘
銘二首
彭城漢祖廟試劍石銘　幷敘
鳳咮石硯銘　幷敘
頌二首
筠州聰禪師得法頌　幷序
等軒頌
第十九卷
新論三首　上中下

珍倣宋版印

第二十三卷
記九首

目錄上

# 欒城集目錄下

第二十四卷

記九首



第二十五卷

墓表銘四首

祭曹演父朝議文
祭范蜀公景仁文
祭忠獻韓公文
祭姪林文
代李公儀諫議祭張文裕侍郎文
代張公安道祭李宥侍郎文
代南京留守祭永嘉郡夫人馬氏文
代張公祭蔡子正資政文
代毛鎬州祭王觀文韶文二首
代三省祭司馬丞相文
代三省祭門下韓侍郎曾孫文
祝文一十六首
陳州日食禱諸廟文

鄧義叔主客郎中
林旦侍御史權淮南運副
田待問淮南運判可淮南提刑
陳紘可倉部郎中王古可工部郎中
孫升監察御史可殿中侍御史
李常蔡延慶並轉朝議大夫
徐彥孚澶州通判
章惇知揚州
邢恕知汝州
王令圖可都水使者
王荀龍知澶州李孝純知棣州
郭逵自致仕起知潞州
何正臣知梓州

孫覽河北運副除右司郎官

陶世延（弼孫弼死於順州）邢選（吉子吉死於盜）各補三班借

職

皇兄令羽磨勘轉遙圖

張輔之入內內侍省磨勘轉內殿承制

范鎮可侍讀太一宮使

吳師仁可越州司法充杭州教授尹才虢州

司戶田述古襄州司法蘇昞邠州司戶

叔諄敘右千牛衛將軍

黃履磨勘改朝請郎

宋彥圖轉內殿崇班再知歸信容城縣臧定

國轉西頭供奉官再任縣尉

張利一自真定總管移知代州

莊公岳成都提刑蘇泌利州運判
內臣馮景降一官
胡宗哲遂州張太寧漢州
李梃知唐州
崔仝通判延州
王純臣通判岷州
姚兕磨勘轉東上閤門使
丁隲太常博士
常安民大理寺丞
田子諒湖南運判
鄭佶都水監丞陳安民簿
葉康弼知劍州
謝卿材河北轉運使自陝漕徙

蔡卞磨勘朝奉郎
丁恂少府主簿
張構再知豐州
呂大防中書侍郎
劉摯右丞
傅堯俞御史中丞
張端落致仕依前朝奉郎
孟永和轉軍器庫副使兼翰林醫官副使
蔡卞知江寧府
王安禮知揚州
林希知宣州
王舜圭除左班殿直

第二十八卷

西掖告詞六十一首

鄭亶通判永寧軍

叔玫等三十二人並除右班殿直

王宗孟母封壽昌縣太君

胡宗愈吏部侍郎

顧臨給事中

范子奇司農卿

馬默河東運使

岑象求利州運判何琬江西運判

常安民鴻臚丞

李詵自軍頭司除知忻州

鄭亶通判睦州

李琬太醫丞充中嶽廟令

珍倣宋版印

占城國進奉判官蒲霞辛可保順郎將

劉邠中書舍人

曹誦遙團知保州

王獻可火山軍李昭敘石州

鄒極江西提刑何琬府界提刑

葉温叟度支郎中

吳革江西運判

杜常兵部郎中

榮咨道通判鎮戎軍

錢式三班借職

翰林醫官陳易簡等六人比舊各減三官牽復

李括知洋州

張士澄通判定州
彭次雲吏部郎中
章楶吏部馬琉戸部韓宗古司封吴安憲都
官黄景職方郎官
盛僑國子司業
黄庭堅著作佐郎
陳侗直祕閣知梓州
晏知止成都運副秦中梓州運副
游酢太學錄
張舜民監察御史
張績祕書省正字
李執柔司農寺丞
陳烈落致仕福州教授

龔原國子監丞
仲葩遙刺
吳淵西頭供奉官俞謌左侍禁
袁說知博州
閻木太學博士葉濤正
宋寶除承務郎
韓忠彥樞密直學士知定州
劉敏知辰州
龐希道復翰林醫學
克勍仲詧並磨勘改正任防禦使
蔡確改知安州
呂公孺知秦州
第二十九卷

西掖告詞六十一首

燕若濟知東明縣
陳向知楚州
士鱣磨勘轉右監門衞大將軍
黃好謙知濮州
張脩駕部郎中
王瑜京西提刑
康識權發遣鄜州今落權發遣
楊叔儀少府少監守本官致仕
融州歸明楊晟該等改右班殿直
曾肇磨勘改朝散郎
蕃官折師武覃恩改西頭供奉官
郭知章知海州江公著通判陳州
黃好謙知潁州

霍唐臣知濠州

晁端彥吏部郎何洵直司勳郎顏復禮部郎

辛廱太常博士韓宗文光祿丞孔平仲太僕

丞

元耆寧館閣校勘換校書郎

梁燾轉朝奉大夫

張淳知長垣縣

李清臣資政殿學士知河陽

張整皇城使廣西鈐轄加遙刺再任以交人

理會地界之故

醫官兀瑺敘權易使

交趾使黎鍾吏外副社英輩東頭供奉官

鄧忠臣秘書省正字

成卓降兩官監筠州酒稅
仲浹轉正任防禦使
曹評正任防禦使
熊本降授朝散大夫
張綬湖南提刑
劉當時太僕簿
張宲古尚書省都事出職改朝奉大夫
陳遊古知沂州
周純知虢州朱陽縣
宋子儀大理寺丞
秦晉國安仁保祐夫人張氏特封吳楚國安
仁賢壽夫人
彭汝礪右史

珍倣宋版印

王陟臣右司郎中
王古吏部員外郎
張詢浙憲
陝西移四通判
蔡濳除司農簿
令踈除右千牛衛將軍
張元方權發遣府界提點
周邠通判壽春
魏璋敘奉議郎熙河機宜
常安民太常博士
豐稷工部員外郎
沈季長少府少監
林英大理少卿

第三十卷

西掖告詞五十九首

姚勔宗正丞

林希湖州周之純宣州沈季長秀州

李傑梓州提刑陳鵬運判

呂陶京西運副上官均比部員外郎

史宗範知涇州

黄慶基鴻臚丞

張峋戸部員外郎錢長卿刑部員外郎

大名府驍武第一指揮都虞候楊政等七人

可並左右侍禁

韓維守本官資政殿學士知鄧州

李士京將作丞余中軍器丞

鄭佾知單州
孫之敏知雍丘楊環寶知咸平
許懋右司郎中
陳軒主客郎中
豐稷殿中侍御史
陳知晦蔡州簽判
向宗旦司農少卿
侯利建京東漕井亮采河東漕
馬誠湖北憲
林積知福州
朱服權發遣泉州
林顔知濠州
令𦘺以率府率講書授通直郎

廖正古通判滄州
龐元英鴻臚少卿
張琬知秀州
曾孝序通判莫州
劉言可內殿崇班
張峋戶部員外郎改戶部郎中
韓緒等六人各轉一官
蕃官党令征攬哥趙令景覃恩改官
顧臨再授給事中
孔文仲中書舍人
張頡待制河北都運
第三十一卷
西掖告詞五十一首

珍倣宋版印

第三十二卷

西掖告詞四十九首

苗貴妃三代

文臣升朝封父母妻

文臣升朝追封父母妻

范鎮父

鮮于侁父母

陳曼父閏以赦封承務郎

錢勰父母

李瑋三代

王堅父

曾布父

蔡確父母

秦晉國安仁保佑夫人張氏祖祖母父母

珍倣宋版印

世采母李氏安康郡太君世世智母何氏永昌
郡太君
李端愿父母
張方平祖弁父
富紹庭母
蔡幪父挺贈開府儀同三司
劉邠母
奉議郎任斯年祖母黄氏封永壽君
張琬父昇追封韓國公
安燾知樞密院贈三代
王汝舟祖母胡氏封嘉興縣太君
皇兄令擢等所生母贈縣太君
富弼贈太師

第三十三卷

珍倣宋版印

詔敕四十一首

趙君錫免刑部侍郎不允詔
呂公孺免戸部尚書不允詔
太皇太后明堂禮成罷賀賜門下手詔
太師文彥博乞致仕不許不允詔二首
文彥博致仕再免兩鎮不許不允詔二首
文彥博三免兩鎮不許不允詔二首
文彥博免兩鎮許允詔二首
河東官吏軍民示喻勅書
孫固乞致仕不允詔
韓忠彥免同知樞密院不允詔
蘇頌免尚書左丞不許不允詔二首
蘇頌再免左丞不許不允詔二首
知樞密院孫固乞避親不允詔

珍倣宋版印

書九首

祝文一十二首

中太一宮祈晴青詞
明堂禮畢福寧殿道場青詞
罷散青詞
景靈宮預告雅飾聖祖青詞
裝飾聖祖御容青詞
雅飾了畢開啓奉安聖祖真容道場青詞
西嶽謝雨青詞
中太一宮祈雨青詞二首

朱表七首

福寧殿罷散明堂預告道場朱表
北京開二股河罷散日道場朱表
明堂禮畢福寧殿罷散道場朱表
景靈宮奏告雅飾聖祖罷散道場朱表

珍倣宋版印

第三十五卷

珍倣宋版印

第三十八卷
右司諫論時事一十二首

第三十九卷

珍倣宋版印

第四十二卷

第四十三卷

第四十四卷

第四十五卷

第四十六卷

珍倣宋版印

御史中丞論時事劄子六首



第四十七卷

中書舍人撰兩府請賀謝表狀一十首

第四十八卷

第四十九卷

代人上表二十三首

第五十卷

目錄下

# 欒城集卷第一

詩五十二首

## 郭綸

綸本河西弓箭手屢戰有功不賞自黎州都監官滿貧不能歸權嘉州監稅

郭綸本蕃種騎鬬雄西戎流落初無罪因循遂龍鍾
嘉州已經歲見我涕無窮自言將家子少小學彎弓
長遇西鄙亂走馬救邊烽手挑丈八矛所往如投空
平生事苦戰數與大寇逢昔在定川寨賊來如羣蜂
萬騎擁酋帥自謂白相公揮兵取其元糢糊腥血紅
戰勝士氣振赴敵如旋風蚩蚩氈裘將不信勇且忠
遙語相勸誘一矢摧厥胷短兵接死地日落沙塵蒙
馳歸不敢息馬口銜折鋒誰知八尺軀脫命萬死中
忽聞南蠻叛羽檄行怱怱將兵赴危難瘴霧不辭衝
行經賀州城寂寞無人蹤攀堞莽不見入據爲築墉

一旦賊兵下百計燒且攻三月不能陷救至遂得通崎嶇有成績元帥多異同有功不見賞憔悴落巴賨已矣誰復信言之氣恟恟予不識郭綸聞此爲斂容一夫何足言竊恐悲羣雄此非介子推安肯不計功郭綸未嘗敗用之可前鋒

## 初發嘉州

放舟沫江濱往意念荊楚擊鼓樹兩旗勢如遠征戍紛紛上船人櫂急不容語余生雖江陽未省至嘉樹巉巉九頂峯可愛不可住飛舟過山足佛腳見江滸舟人盡斂容競欲揖其拇俄頃已不見馬牛在中渚移舟近山陰壁峭上無路云有古郭生璞此地苦箋注區區辨蟲魚爾雅細分縷洗硯去殘墨遍水如黑霧至今江上魚頂有遺墨處覽物悲古人嗟此空自

珍倣宋版印

苦余今方南行朝夕事鳴檮至楚不復留上馬千里
去誰能居深山永與禽獸伍此事誰是非行行重回
顧

過宜賓見夷中亂山

江流日益深民語漸已變岸闊山盡平連峯遠非漢
慘慘瘴氣青薄薄寒日煖峯巒若崖石草木條榦短
遙想彼居人狀類麏鹿竄何時遂平定戍卒從此返

夜泊牛口

行過石壁盡夜泊牛口渚野老三四家寒燈照疎樹
見我各無言倚石但箕踞水寒雙脛長壞袴不蔽股
日莫江上歸潛魚遠難捕稻飯不滿盂飢臥冷徹曙
安知城市歡守此田野趣秖應長凍飢寒暑不能苦

戎州

江水通三峽州城控百蠻沙昏行旅倦邊靜禁軍閑漢虜更成市羅紈斬不還投氈揀精密換馬瘦辱顏兀兀頭垂髻團團耳帶環夷聲不可會爭利苦閒闗

舟中聽琴

江流浩浩羣動息琴聲琅琅中夜鳴水深天闊音響遠仰視牛斗皆從橫昔有至人愛奇曲學之三歲終無成一朝隨師過滄海留置絕島不復迎終年見怪心自感海水震掉魚龍驚翻回蕩潏有遺韻琴意忽忽從此生師來迎笑問所得撫手無言心已明世人囂囂好絲竹撞鐘擊皷浪謂榮安知江琴韻超絕擺耳大笑不肯聽

泊南井口期任遵聖

期君荒江瀆未至望已極朔風吹烏裘隱隱沙上立

珍倣宋版印

愧余後期至先到犯寒色旣泊問所如歸去已無及繫舟重相邀雨冷塗路濕

江上早起

晨興孤舟上盥濯夜氣清整巾未皇坐雙橈軋已鳴日出江霧散江上山從橫區區茅舍翁曉出露氣腥收筒得大鯉愛惜不忍烹持之易斗粟朝飦厭魚羹蕭蕭遠風起泛泛野鴈驚忽過百餘里山水互變更逢舟問所如彼此不知名超超江湖間殊勝地上行且游市井喧莫宿無人聲江上誠足樂無怪陶朱生

江上看山

朝看江上枯崖山憔悴荒榛赤如赭莫行百里一回頭落日孤雲靄新畫前山更遠色更深誰知可愛信如今唯有巫山最穠秀依然不負遠來心

## 山胡

山胡擁蒼毳兩耳白茸茸野樹啼終日黔山深幾重啄溪探細石噪虎上孤峯被執應多恨筠籠僅不容

## 白鷴

白鷴形似鴿搖曳尾能長寂寞懷溪水低回愛稻粱田家比雞鶩野食薦杯觴肯信朱門裏徘徊占玉塘

## 屈原塔（在忠州）

屈原遺宅秭歸山南賓古者巴子國山中遺塔知幾年過者遲疑不能識浮圖高絕誰所爲原死豈復待汝力臨江慷慨心自明南訪重華訟孤直世人不知徒悲傷强爲築土高岌岌

## 嚴顏碑（亦在忠州）

古碑殘缺不可讀遠人愛惜未忍磨相傳昔者嚴太

守刻石千歲字已訛嚴顏平生吾不記獨憶城破節最高被擒不辱古亦有吾愛詈折張飛豪軍中生死何足怪乘勝使氣可若何斫頭徐死子無怒我豈畏死如兒曹匹夫受戮或不避所重壯氣吞黃河臨危閑暇有如此覽碑慷慨思横戈

## 竹枝歌 忠州作

舟行千里不至楚忽聞竹枝皆楚語楚言啁哳安可分江中明月多風露扁舟日落駐平沙茅屋竹籬三四家連舂並汲各無語齊唱竹枝如有嗟可憐楚人足悲訴歲樂年豐爾何苦釣魚長江江水深耕田種麥畏狼虎俚人風俗非中原處子不嫁如等閑雙鬟垂頂髮已白負水採薪長苦艱上山採薪多荊棘負水入溪波浪黑天寒斫木手如龜水重還家足無力

山深瘴暖霜露乾夜長無衣猶苦寒平生有似麋與鹿一旦白髮已百年江上乘舟何處客列肆喧譁占平磧遠來忽去不記州罷市歸船不相識去家千里未能歸忽聽長歌皆慘悽空船獨宿無與語月滿長江歸路迷路迷鄉思渺何極長怨歌聲苦凄急不知歌者樂與悲遠客乍聞皆掩泣

### 望夫臺 在忠州南數十里

江上孤峯石爲骨望夫不來空獨立去時江水拍山流去後江移水成磧江移岸改安可知獨與高山化爲石山高身在心不移慰爾行人遠行役

### 八陣磧 在夔州

漲江吹八陣江落陣如故我來苦寒後平沙如匹素乘高望遺迹磊磊六十四遥指如布棊就視不知處

珍倣宋版印

世稱諸葛公用衆有法度區區落褒斜軍旅無闊步
中原竟不到置陣狹無所茫茫平沙中積石排隊伍
獨使後世人知我非莽鹵柰何長蛇形千古竟不悟
惟餘桓元子久視不能去

灩澦堆或云上有古碑

江中石屏灩澦堆鼇靈夏禹不能摧深根百丈無敵
近落日紛紛鳧鴈來何人磊落不畏死爲我赤腳登
崔嵬上有古碑刻奇篆當使盡讀磨蒼苔此碑若見
必有怪恐至絕頂遭風雷

入峽

舟行瞿唐口兩耳風鳴號渺然長江水千里投一瓢
峽門石爲戶鬱怒水力驕扁舟落中流浩如一葉飄
呼吸信奔浪不復由長篙捩柂破濆旋畏與亂石遭

兩山巇相值望之不容舠漸近乃可入白鹽最雄高草木皆倒生哀叫悲玄猱白雲繚長袖零落如飛毛緬懷洚水年慘巇病有堯禹益決岷水屢與山鬼鏖摧岡轉大石破地疏洪濤巉巉當道山斬截肩尾銷峭壁下無趾連峯斷脩腰破處不生草上不掛鳥巢水怪不盡戮下有龍與鼇遼哉千萬年禹死遺迹牢豈必見河洛開峽斯已勞

## 巫山廟

山中廟堂古神女楚巫婆娑奏歌舞空山日落悲風吹舉手睢盱道神語神仙潔清非世人瓦盎傾醪薦爨脯子知神君竟何自西方真人古王母飄然乘風遊九州揭渡西海薄中土白雲爲車駕蒼虬驂乘湘君宓妃御天孫織綃素非素衣裳飄飖薄煙霧泊然

珍倣宋版印

冲虛眇無營朝湌屑玉嗽瓊乳下視人世安可據超江乘山去無所巫山之下江流清偶然愛之不能去湍崖激作相喧豗白花翻翻龍正怒堯使大禹導九州石隕山墜幾折股山前恐懼久無措稽首山下苦求助丹書玉笈世莫窺指示文字相爾汝擘山洩江幸無苦庚辰虞余實相禹功成事定世莫知空山俄頃千萬古廟中擊鼓吹長簫採蘭為殽蕙為肴玉缶薦芰香飄蕭龍勺取酒注白茅神來享之風飄飄荒山長江何所有豈有瓊玉薦泬寥神君聰明無我責為我驅獸攘龍蛟乘船入楚泝巴蜀瀆旋深惡秋水高歸來無恙無以報山上麥熟可作醪神君尊貴豈待我再拜長跪神所勞

巫山廟烏

巫廟真人古列仙高心獨愛玉爐煙飢烏巧會行人
意來去紛紛噪客船

昭君村

峽女王嬙繼屈須入宮曾不愧秦姝一朝遠逐呼韓
去遥憶江頭捕鯉魚江上大魚安敢釣轉柂橫江筋
力小深深邊積雪厚埋牛兩處辛勤何處好去家離俗
慕榮華富貴終身獨可嗟不及故鄉山上女夜從東
舍嫁西家

三遊洞

洞前危逕不容足洞中明曠坐百人蒼崖硉兀起成
柱亂石散列如驚麏清溪百丈下無路水滿沙土如
魚鱗夜深明月出山頂下照洞口纔及脣沉沉深黑
若大屋野老搆火青如燐平明欲出迷上下洞氣飄

珍倣宋版印

亂爲橫雲深山大澤亦有是野鳥鳴噪孤熊蹲三人一去無復見至今冠蓋長滿門

寄題淸溪寺 在硤州鬼谷子故居

淸溪鬼谷子雄辯傾六國視世無足言自閉長默默蘇張何爲者欲竊長短術學成果無賴遂爲世所惑顚倒賣諸侯傾轉莫可執後世何不明疑我不汝及誰知居深山玩世可終日君觀二弟子死處竟莫得客齊自披裂投魏求寄食悠悠淸溪中石亂流水急溪魚爲朝飡老死得安穴居亂獨無言其辯吾不測

息壤 在荆南南門外

江上寒沙薄如席一夕墳起成高邱江流傾轉力不勝左齧右吐非自由南郡城南獨何者平地生長殊不休當中屋背不盈尺深入百丈皆石樓古人不知

下有牲發破不掩水漲浮傳言夏鯀塞洚水上帝愛此無敢偷竊持大畚負長鍤刺取不已帝使流禹知水怒非塞止網捕百牲雜蚤鰍掘壕入土不計丈投擲填壓聲嗚啾一時既定憂後世恐此竊出壞九州神人已死無復制故以此土封其頭發之輒滿不可旣意使靈物長幽因前年大旱千里赤取土盈掬雨不收誰言咫尺舊黃壤中有千歲龍與虬高山萬仞猶可削嗟此何獨生如疣天長地遠莽無極雖有缺壞誰能賙我疑天意固有在患世多事窮鑱鑊埏陶鼓鑄地力困久不自補無爲憂世無女媧空白石磊磊滿地如浮漚耕田鑿井自無已息壤無幾安能酬

## 荊門惠泉

泉源何從來山下長溪發油然本無營誰使自激洌

珍倣宋版印

茫茫九地底大水浮一葉使水皆爲泉地已不勝洩
應是衆水中獨不容至潔涓涓自傾瀉奕奕見清澈
石泓淨無塵中有三尺雪下爲百丈溪冷不受魚鼈
脫衣浣中流解我雙足熱樂哉泉上翁大旱不知渴

荅荆門張都官維見和惠泉

荒涼荆門西泉水誰爲洩發源雖甚微來意不可折
平鋪清池滿皎皎自明澈甘涼最宜茶羊炙可用雪
炎風五月交中夜吐明月太守燕已遠青嶂空嵲嵲
泉上白髮翁來飲杯饌闕酌水自獻酬箕踞無禮節
區區游泉人常值午日烈回首憂重城賞玩安能徹

淛陽早發

春氣入楚澤原上草猶枯北風吹栗林梅蘂颯已無
我行亦何事驅馬無疾徐楚人信稀少田畝任蓁蕪

空有道路人擾擾不留車悲傷彼何賴歎息此亦愚
今我何爲爾豈亦愚者徒行行楚山曉霜露滿陂湖

襄陽古樂府二首

野鷹來

野鷹來雄雉走蒼茫荒榛下毰毸大如斗鷹來蕭蕭
風雨寒壯士臺中一揮肘臺高百尺臨平川山中放
火秋草乾雉肥兎飽走不去野鷹飛下風蕭然嵯峨
呼鷹臺人去臺已圮高臺不可見況復呼鷹子長歌
野鷹來當年落誰耳父生已不武子立又不强北兵
果南下擾擾如驅羊鷹來野雉何暇走束縛籠中安
得翔可憐野雉亦有爪兩手捽鷹猶可傷

襄陽樂

誰言襄陽苦歌者樂襄陽太守劉公子千年未可忘

珍倣宋版印

劉公一去歲時改惟有州南漢水長漢水南流峴山碧種稻耕田泥沒尺里人種麥滿高原長使越人耕大澤澤中多水原上乾越人爲種楚人食火耕水耨古常然漢水魚多去滿船長有行人知此樂來買槎頭縮頸鯿

雙鳧觀在葉縣

王喬西飛朝洛陽飄飄千里雙鳧翔鳧飛遭網不能去惟有空屨鳧已亡誰知野鳥不能化豈必雙屨能飛揚鳧神屨恠當有在搔首野廟春風長

懷黽池寄子瞻兄

相攜話別鄭原上共道長途怕雪泥歸騎還尋大梁陌行人已渡古崤西曾爲縣吏民知否轍嘗爲此縣簿未赴而中第舊宿僧房壁共題轍昔與子瞻應舉過宿縣中寺舍題其老僧奉閑之壁遙

想獨遊佳味少無言騅馬但鳴嘶

辛丑除日寄子瞻

一歲不復居一日安足惜人心畏增年對酒語終夕
夜長書室幽燈燭明照席盤飧雜梁楚羊炙錯魚腊
庖人饌雞兎家味宛如昔有懷岐山下展轉不能釋
念同去閭里此節三已失初來寄荆渚魚鴈賤宜客
楚人重歲時爆竹鳴磔磔新春始涉五田凍未生麥
相攜歷唐許花柳漸牙拆居梁不耐貧投杞避糠覈
城南庠齋靜終歲守墳籍酒酸未嘗飲牛美每共炙
謂言從明年此會可懸射同爲洛中吏相去不盈尺
濁醪幸分季新筍可餉伯巑巑嵩山美漾漾洛水碧
官閑得相從春野玩朝日安知書閣下羣子並遭馘
偶成一朝榮遂使千里隔何年相會歡逢節勿輕擲

次韻子瞻減降諸縣囚徒事畢登覽

山川足清曠闤闠巧拘囚安得孅阿御同爲穆滿遊
遙知因渙汗遠出散幽憂原隰繁分繡村墟盡小侯
春深秦樹綠野闊渭河流四顧神蕭瑟前探意漲浮
勝觀殊未已往足詎能收下坂如浮舸登崖劇上樓
强行腰傴僂困坐氣噓咻鳥語林巒靜花明澗谷幽
濯溪驚野老伐路駭宅州中散探深去文淵到處留
聽琴峯下寺弄石水中洲溪冷泉氷腳山高霧遶頭
石潭清照骨瀑水濺成鉤仙廟鳴鐘磬神官秉鉞劉
養生聞帝女服氣絕彭雛故宅猶傳尹先師不喜邸
居人那識道過客謾停騶巖谷誠深絕神仙信有不
雲居無几杖霞珮棄鑴鎪豹隱連山霧龍潛百尺湫
門開誰與叩桃熟浪傳偷紺髮清無比方瞳凜不眸

會須林下見乞取壽年脩拔去和雞犬相隨若旂旒
乘風遺騕褭長嘯賤笙篌從騎衣皆羽前驅鬣盡蚪
安能牽兩足塹得快雙眸自昔辭鄉樹南行上楚舟
萬江窮地脉三峽束天溝雲暗酆都晚波吹木櫪秋
尋溪緣窈窕入洞聽颼飀空寺收黃粟荒祠畫伏彪
登臨雖永日行邁肯停輈蓄縮今何事攀躋昔已悠
魏京饒士女春服聚蜉蝣雷動車爭陌花搖樹繫鞦
遊人紛蕩漾野鳥自嚶呦平日曾經洛閑居願卜緱
空言真比夢久渴漸成愁早退嘗相約辭囂痛自摟
愛山心劫劫從宦興油油海宇都無礙山林盡可投
願爲雲上鵠莫作盎中鯈適性行隨足謀生富給喉
今遊雖不與後會豈無由晝出同穿屨宵眠共覆裘
弟兄真欲爾朋好定誰儔試寫長篇調何人肯見酬

次韻子瞻太白山下早行題崇壽院

山下晨光晚林梢露滴昇峯頭斜見月野市早明燈樹暗猶藏鵲堂開已饌僧據鞍應夢我聯騎昔嘗曾

次韻子瞻延生觀後山上小堂

謝公遊意未能厭踏盡登山屐齒尖古殿神仙深杳杳香爐煙翠起纖纖叢花寂歷飄瓊片庭檜蕭疏漏玉蟾帝子莫歸人不見微風細雨自開簾唐玉真公主修道於此山

次韻子瞻題仙遊潭中興寺

潭邊沙水不成泥潭上孤禽掛嶮啼繚繞飛橋能試客蒙茸翠蔓巧藏溪雲爲絳帳馬融室石作屏風玉女閨仙果知君今未足臨潭腳戰怕長梯

石鼻城

千山欲盡垂爲鼻百戰皆空但有城虎鬪穴中秦地恐龍飛渭上漢江傾雍人未有章邯怨魏將猶存仲達精睥睨陵遲春草滿白羊無數向風鳴

磻溪石

呂公年已莫擇主渭河邊跪餌留雙膝臨溪不計年神專能陷石心大豈營鱣不到磻溪上安知自守堅

郿塢

董公平昔甚縱橫晚歲藏金欲避兵當日英雄智相似燕南趙北亦爲京

樓觀

老聃厭世入流沙飄蕩如雲不可遮弟子憐師將去國關門望氣載還家高臺尚有傳經處畫壁空留駕犢車一授遺書無復老不知何苦服胡麻此觀尹喜舊宅神仙

傳言尹喜於流沙之西服巨勝實

次韻子瞻秋雪見寄二首

秋氣蕭騷仍見雪客愁繚繞動縈心幽吟北戶窻聲細歸夢函關馬迹深踈樹飛花輕蔌蔌衰荷留柄亂簪簪遙聞詩酒皆推勝社客何人近納賝

平時出處常聯袂文翰叨陪舊服膺自信老兄憐弱弟豈關天下少良朋何時杯酒看浮白清夜肴蔬粗滿登離思隔年詩不盡秦梁雖遠速須賡

次韻子瞻聞不赴商幕三首

恠我辭官免入商才踈深畏忝周行學從社稷非源本近讀詩書識短長東舍久居如舊宅春蔬新種似吾鄉閉門已學龜頭縮避謗仍兼雉尾藏雉藏不能盡尾鄉人以爲諺

南商西洛曾虛署長吏居民恠不來妄語自知當見
棄遠人未信本非才厭從貧李嘲東閣懶學訣張緩
兩腮知有四翁遺跡在山中豈信少人哉
塤動篪鳴只自知憂輕責少幸官卑聲名謾作耳中
瑱科第空收頷底髭西鄙猖狂猶將將中朝閑暇自
師師近成新論無人語仰羨飛鴻兩翅差

次韻子瞻病中大雪

吾兄筆鋒雄詩俊不可和雪中思清絶韻惡愈難柰
殷勤賦黃竹自勸飲白墮言隨飛花落意與長風簸
餘力遠見擬千里寄璀瑳嗟予學久廢有類轉空磨
硏磨久無得安可待充貨空記乘峽船行意被摧剉
溟濛覆洲渚泠洌光照坐我唱君實酬馳騁不遑臥
譬如逐獸盧豈覺山徑坷酒肴助喧熱筆硯盡霑涴

詩詞禁推類令肅安敢破亦有同行人牽挽赴程課爾來隔秦魏渴望等飢餓徒然遇佳雪有酒誰與賀

次韻子瞻記歲莫鄉俗三首

餽歲

周公制鄉禮無有相通佐鼎肉送子思烝豚出陽貨交親隨高低豈問小與大自從此禮衰伏臘有飢臥鄉人慕古俗酬酢等四坐東鄰遺西舍迭出如蟻磨寧我不飲食無爾相咎過相從慶新春顏色買愉和

別歲

富貴日月速貧賤覺歲遲遲速不須問俱作不可追親舊且酣飲送爾天北涯歲歲雖無情從我歷四時酌爾一杯酒留我壯且肥長作今歲歡勿起異日悲掉頭不肯顧曾莫與我辭酒闌氣方橫豈信從爾衰

守歲

於莬絕繩去顧兎追龍蛇是歲壬寅奔走十二蟲羅網不
及遮嗟我地上人豈復柰爾何未去不自閑將去乃
諠譁天上驅獸官爲君肯停檛魯陽揮長戈日車果
再斜釃酒勸爾醉期爾蹔蹉跎偕醉遣爾去壽考自
足誇

記歲首鄉俗寄子瞻二首

踏青

江上氷消岸草青三三五五踏青行浮橋没水不勝
重野店壓糟無復清松下寒花初破萼谷中幽鳥漸
嚶鳴洞門泉脈龍睛動觀裏丹墀鴨舌生山下餅罌
霑稚孺峯頭鼓樂聚簪纓縞裙紅袂臨江影青蓋驊
騮踏石聲曉去爭先心蕩漾莫歸跨後醉從橫最憐

人散西軒靜曖曖斜陽著樹明

蠶市

枯桑舒牙葉漸青新蠶可浴日晴明前年器用隨手敗今冬衣着及春營傾囷計口賣餘粟買箔還家待種生不唯箱篚供婦女亦有鉏鎛資男耕空巷無人鬭容冶六親相見爭邀迎酒肴勸屬坊市滿鼓笛繁亂倡優獰蠶叢在時已如此古人雖沒誰敢更異方不見古風俗但向陌上聞吹笙

子瞻寄示岐陽十五碑

堂上岐陽碑吾兄所與我吾兄自善書所取無不可歐陽弱而立商隱瘦且楷小篆妙詰曲波字美婀娜譚藩居顏前何類學顏頗魏華自磨淬峻秀不包裹九成刻賢俊磊落雜么麽英公與褒鄂戈戟聞自荷

何年學操筆終歲惟箭笴書成亦可愛藝業嗟獨夥
余雖謬學文書字每慵墮車前駕騏驥車後繫羸跛
逾年學舉足漸亦行駊騀古人有遺迹篡短不及鑠
願從兄發之洗硯處兄左

欒城集卷第一

# 欒城集卷第二

詩六十九首

畫文殊普賢

誰人畫此二菩薩趺坐花心乘象猊弟子先後執盂缶老僧槎牙森比肩山林脩道幾世劫顏貌偉麗如開蓮重崖宛轉帶林樹野水荒蕩浮雲天峨眉高處不可上下有絕澗錮九泉朝陽未出白霧起有光升天如月圓靈仙居中粗可識有類白兎依清躔遊人禮拜千萬萬迤邐漸遠如飛煙五臺不到想亦爾今之畫圖誰所傳吾兄子瞻苦好異敗繒破紙收明鮮自從西行止得此試與記錄代一觀

聞子瞻重遊南山

終南重到已春回山木緣崖綠似苔谷鳥鳴呼嘲獨

往野人笑語記曾來定邀道士彈鳴鹿誰與溪堂共酒杯應有新詩還寄我與君和取當遊陪（彈鳴鹿飲溪堂皆前游終南時事）

子瞻見許驪山澄泥硯

長安新硯石同堅不待書來遂許頒豈必魏人勝近世強推銅雀沒驪山寒煤舒卷開雲葉清露霑流發涕潛早與封題寄書案報君湘竹筆身斑

寒食前一日寄子瞻

寒食明朝一百五誰家冉冉尚廚煙桃花開盡葉初綠燕子飛來體自便愛客漸能陪痛飲讀書無思懶開編秦川雪盡南山出思共肩輿看麥田

大人久廢彈琴比借人雷琴以記舊曲十得三四率爾拜呈

久厭凡桐不復彈偶然尋繹尚能存倉庚鳴樹思前歲春水生波滿舊痕泉落空巖虛谷應珮敲清殿百官寒終宵竊聽不能學庭樹無風月滿軒

聞子瞻習射

舊讀兵書氣已振近傳能射喜征蕟手隨樂節寧論中箭作鵰聲不害文力薄僅能勝五斗才高應自敵三軍艮家六郡傳真法馬上今誰最出羣

種菜

久種春蔬旱不生園中汲水亂瓶甖菘葵經火未出土僮僕何朝飽食羹强有人功趨節令悵無甘雨困耘耕家居閑暇厭長日欲看年華上菜莖

次韻子瞻題薛周逸老亭

飛鳥不知穴山鹿不知流薛子善飲酒口如吸水虬

吾觀腸胃間何異族黨州人滿地已盡一介不可留謂子試飲水一酌不再求謂予飲醇酒百觴豈待酬酒可水不可其說亦已悠以我視夫子胷腹百丈幽譬如田中人視彼公與侯未省破顏飲何況裸露頭鴟夷謂大瓠皆飽安用浮多少苟自適豈害爲朋遊

次韻子瞻題長安王氏中隱堂五首

秦中勝三蜀故國不須歸甲第春風滿巴山晝夢非

竹深啼鳥亂花落晚蜂飛我欲西還去敲門慎勿違

唐朝卿相宅此外更應無請看庭前樹曾攀屋裏姝流傳漸失實遺老不禁徂試問歸登物林間翠石孤或云此卽歸登宅

愛君高堂上有似蜀江壖牆外終南近簷西太白偏晚梅晴自媚老竹暗相遷未到遙聞說吾廬安得然

官去空留鶴山浮不見鼇竹林迎日淨槐木擁亭高
鳥噪知人至蟬鳴覺口勞誰能飲堂上解帶不穿袍
君看原上墓墳盡但餘碑誰見生前貴塵生帶下龜
高堂幸有酒一飲豈論貲勉强行樂耳古人良可悲

和子瞻鳳翔八觀八首

石鼓

岐山之陽石爲鼓叩之不鳴懸無虡以爲無用百無
直以爲有用萬物祖置身無用有用閒自託周宣誰
敢侮宣王沒後墳壠平秦野蒼茫不知處周人舊物
惟存山文武遺民盡囚虜鼎鐘無在鑄戈戟宮殿已
倒生禾黍厲宣子孫竄四方昭穆錯亂不存譜時有
過客悲先王綢繆牖戶徹桑土思宣不見幸鼓存由
鼓求宣近爲愈彼皆有用世所好天地能生不能主

君看項籍猛如狠身死未冷割爲脯馬童楊喜豈不仁待汝封侯非怨汝何況外物固已輕毛擒翡翠尾執麈惟有蒼石於此時獨以無用不見數形骸偃蹇任苔蘚文字皴剝困風雨遭亂既以無用全有用還爲太平取古人不見見遺物如見方召與申甫文非科斗可窮詰篇編不載無訓詁字形漫汗隨石缺蒼蚍生角龍折股亦如老人遭暴橫頤下髭禿口齒齾形雖不具意可知有云楊柳貫魴鱮魴鱮豈厭居溪谷自投網罟入君俎柳條柔弱長百尺挽之不斷細如縷以柳貫魚魚不傷貫不傷魚魚樂死登之廟中鬼神格錫女豐年多黍稌宣王用兵征四國北摧犬戎南服楚將帥用命士卒驩死生不顧闞虓虎問之何術能使然撫之如子敬如父弱柳貫魚魚弗違仁

珍倣宋版印

人在上民不怒請看石鼓非徒然長笑太山刻秦語

詛楚文詛當作詛

詛楚楚如桀詛秦秦則紂桀罪使信然紂語安足受牲肥酒醪潔夸誕鬼不祐鬼非東諸侯豈信辯士口碑埋祈年下意繞章華走得楚不付孫但爲劉季取吾聞秦穆公與晉實甥舅盟鄭絕晉歡結楚將自救事見呂相絕秦使秦詛楚人晉亦議秦後諸侯迭相詛禍福果誰有世人不知道好古無可否何當投涇流渾濁蓋鄙醜

王維吳道子畫在普門及開元寺

吾觀天地間萬事同一理扁也工斲輪乃知讀文字我非畫中師偶亦識畫旨勇怯不必同要以各善耳壯馬脫銜放平陸步驟風雨百夫靡笑人婉娩守閑

獨不出庭戶修容止女能嫣然笑傾國馬能一蹴致千里優柔自好勇自强各自勝絶無彼此誰言王摩詰乃過吳道子試謂道子來置女所挾從軟美道子掉頭不肯應剛傑我已足自恃雄奔不失馳精妙實無比老僧寂滅生慮微侍女閑絜非復婢丁寧勿相違幸使二子齒二子遺迹今豈多岐陽可貴能獨備但使古壁常堅完塵土雖積光豔長不毀

楊惠之塑維摩像在天柱寺

金粟如來瘦如腊坐上文殊秋月圓法門論極兩相可言語不復相通傳至人養心遺四體瘦不爲病肥非妍誰人好道塑遺像鮐皮束骨筋扶咽兀然隱几心已滅形如病鶴竦兩肩骨節支離體疎緩兩目視物猶烱然長嗟靈運不知道强剪美須插兩顴彼人

視身若枯木割去右臂非所患何況塑畫己身外豈必奪爾庸自全眞人遺意世莫識時有遊僧施鉢錢

東湖

不到東湖上但聞東湖吟詩詞已清絶佳境亦可尋蜿蜒蒼石螭蟠拏據湖心倒腹吐流水奔注爲重深清風蕩微波渺渺平無音有鼈行在沙有魚躍在潯鼈圓如新荷魚細如蠹蟫梧桐生兩涯蕭蕭自成林孫枝復生孫已中琴瑟與琴秋虫噪蜩蚻春鳥鳴鴂鶬有客來無時濯足蔭清陰自忘府中官取酒石上斟醉倒臥石上野蟲上其襟醒來不知莫湖月翻黃金油然上馬去縱意不自箴作詩招路人行樂宜及今人生不滿百一瞬何所任路人掉頭笑去馬何駸駸子有不肖弟有冠未嘗簪願身化爲線使子爲之鍼

子欲烹鯉魚爲子漑釜鬵子欲枕山石爲子求布衾
異鄉雖云樂不如反故岑瘦田可鑿耕桑柘可織紝
東有軒轅泉隱隱如牛涔西有管輅宅尚存青石碪
彭女留膝踝禮拜意已欽慈母抱衆子亂石寒蕭森
朝往莫可還此豈不足臨慎勿語他人此意子獨諶

真興寺閣

秦川不爲廣南山不爲高嵯峨真興閣傑立陵風飆
危檻俯翔鳥跳簷落飛猱上有傲世人身衣白鶴毛
下視市井喧奔走何嗷嗷蕭然倚楹嘯遺響入雲霄
清風吹其裾冉冉不可操不知何所爲豈即非盧敖
遊目萬里間遠山如伏羔遺語謝世俗釣魚當釣鼇

李氏園 李茂正園也俗謂皇后園蓋茂正謂其妻也

有客騎白駒揚鞭入青草悠悠無遠近但擇林亭好

珍倣宋版印

蕭條北城下園號李家媪繫馬古車門隨意無洒掃
鳴禽驚上屋飛蝶紛入抱竹林淨如濯流水清可澡
閑花不著行香梨獨依島松枝貫今昔林影變昏早
草木皆蒼顏亭宇已新造臨風置酒樽庭下取栗棗
令人强歡笑古人已枯槁欲求百年事不見白鬚老
秦中古云樂文武在豐鎬置囿通樵蘇養獸讓麀麌
池魚躍金碧白鳥飛紵縞牛羊感仁恕行葦亦自保
當年歌靈臺後世詠魚藻古詩宛猶在遺處不可考
悲哉李氏末王霸出奴皂城中開芳園城外羅戰堡
擊鼓鳴巨鐘百姓皆懊惱及夫聖人出戰國卷秋潦
園田賦貧民耕破園前道高原種菽粟陂澤滿粳稻
春耕雜壺漿秋賦輸秸藁當年王家孫自庇無尺橑
空餘百歲木妄爲夭巫禱遊人足譏罵百世遭舌討

老翁不願見垂涕祝彊䄇持用戒滿盈飲酒無醉倒

秦穆公墓在槖泉上

泉上秦伯墳下埋三良士三良百夫特豈爲無益死當年不幸見迫脅詩人尚記臨穴惴豈如田橫海中客中原皆漢無報所秦國吞西周康公穆公子盡力事康公穆公不爲負豈必殺身從之遊夫子乃以侯嬴所爲疑三子王澤既未竭君子不爲詭三良狥秦穆要自不得已

聞子瞻將如終南太平宮谿堂讀書

爲吏豈厭事厭事日墮媮著書雖不急實與百世謀問吏所事何過客及繫囚客實虛攪人囚有不自由辨之何益增不辨亦足憂嗟此誰不能脫去使自收幽幽南山麓下有溪水流溪上亦有堂其水可濯涑

終日不見人惟有山鹿呦是時夏之初溪冷如孟秋
山檨黄笠展林筍紫角抽朝取筍爲羹莫以檨爲羞
溪魚鯉與魴山鳥鸑與鳩食之飽且平偃仰自佚休
試探篋中書把卷揖前脩恍如反故鄉親朋自相求
蔚如甕中糟久熟待一蒭爲文若江河豈復有刻鎪
尚何憶我爲欲與我同遊我雖不能往寄詩以解愁

次韻子瞻麻田青峯寺下院翠麓亭

走馬紅塵合開懷野寺存南山抱村轉渭水帶沙渾
亭峻朱欄繞堂虛白佛尊煩襟喜脩竹勸馬樂芳蓀
白氎柔隨手清泉滿照盆塵顏洗濯淨髀肉再三捫
饋食青蔬軟流匙細粟翻老僧勿施敬對客說山門

次韻子瞻宿南山蟠龍寺

谷中夜行不見月上下不辨山與谷前呼後應行相

從山頭誰家有遺燭跫跫深徑馬蹄響落落稀星著疎木行投野寺僧已眠叩門無人狗出縮號呼從者久嗔罵老僧下牀揉兩目問知官吏冒夜來掃牀延客臥華屋釜中無羹甑實盡愧客滿盎惟脫粟客來已遠睡忘覺僧起開堂勸晨粥自嗟奔走閔僧閑偶然來過何年復留詩滿壁待重遊但恐塵埃難再讀

賦園中所有十首時在京師

萱草

萱草朝始開呀然黃鵠觜仰吸日出光口中爛如綺纖纖吐須鬛冉冉隨風哆朝陽未上軒粲粲幽閑女美女生山谷不解歌與舞君看野草花可以解憂悴

竹

寒地竹不生雖生常若病斸根種幽砌開葉何已猛

嬋娟冰雪姿散亂風日影繁華見孤淡一箇敵千頃
令人憶江上森聳緣崖勁無風籜自飄策策鳴荒逕

## 蘆

蘆生井欄上蕭騷大如竹移來種堂下何爾短局促
莖青甲未解枯葉已可束蘆根愛溪水餘潤長鮮綠
強移性不遂灌水惱僮僕晡日下西山汲者汗盈掬

## 石榴

堂後病石榴及時亦開花身病花不齊火候漸已差
芳心竟未已新蕚綴枯槎誰言石榴病乃久占年華
鄰家花最盛早發豈容遮殘紅已零落婀娜子如瓜

## 蒲桃

蒲桃不禁冬屈盤似無氣春來乘盛陽覆架青綾被
龍鬚亂無數馬乳垂至地初如早梅酸晚作醲酪味

誰能釀爲酒爲爾架前醉滿斗不與人涼州幾時致

## 篲草

室幽來客稀塵土積不掃鄰翁笑我拙教我種藜草
經霜斫爲篲不讓秋竹好始生如一毛張王忽侵道
鉏耰禁芟斸愛惜待枯槁有用皆勿輕吾師灌園老

## 果蠃

吾兄客關中果蠃施吾宇兄雖未得還我豈如婦女
呦呦感微物涕泗若零雨但愛果蠃莖屈曲上牆堵
朝見緣牆頭莫已過牆去物生隨年華還日何足數

## 牽牛

牽牛非佳花走蔓入荒榛開花荒榛上不見細蔓身
誰剪薄素紗浸之青藍盆水淺浸不盡下餘一寸銀
嗟爾脆弱草豈能凌霜晨物性有稟受安問秋與春

珍倣宋版印

## 雙柏

南園地性惡雙柏不得長蓬麻春始生今已滿一丈柏生嗟幾年失意自悽愴有子壓枝低已老非少壯尤柏柏也宛尤地亦恐妄兩既無所尤高枝幾時放

## 葵花

葵花開已闌結子壓枝重長條困風雨倒臥枕丘壠憶初始放花岌岌旌節聳得時能幾時狼籍成荒冗浮根不任雪採剝收遺種未忍焚枯莖積疊牆角擁

## 和子瞻記夢二首

兄從南山來夢我南山下探懷出詩卷卷卷盈君把詩詞古人似弟則吾弟也相與千里隔安得千里馬攜手上南山不知今乃夜晨雞隔牆唱欹枕窗月亞百語記一詞秋菊悲蛩吒此語鮑謝流平日我不暇

我本無此詩嗟此誰所借
蟋蟀感秋氣夜吟抱菊根霜降菊叢折寸根安可存耿耿荒苗下唧唧空自論不敢學蝴蝶菊盡兩翅翻虫凍不絶口菊死不絶芬志士豈棄友烈女無兩婚

次韻子瞻題岐山周公廟

周人尚記有周公禾黍離離下有宮破豆烝豚非以報野巫長跪若爲通山圍棟宇泉流近（廟后有德潤泉世亂則竭）鳳去梧桐落葉濛有客賦詩題屋壁二南猶自有遺風

次韻子瞻題扶風道中天花寺小亭

客車來不息轍迹自成溝莫怪慵登寺猶宜常舉頭獨遊知憶弟望遠勝登樓處處題詩遍篇篇誰爲收

次韻子瞻南溪避世堂

柱杖行窮徑園堂尚有林飛禽不驚處萬竹正當心
虎嘯風吹籟霜多蟬病瘖獸驕從不避人到記由今
未暇終身住聊爲半日吟青松可絶食黄葉不須衾
偶到初迷路將還始覺深堂中有幽士插髻尚餘簪

和子瞻三遊南山九首

樓觀次韻

神仙避世守關門一世沉埋百世尊舊宅居人無姓
尹深山道士盡爲孫天寒遊客常逢雪日暮歸鴉自
識村君欲留身託幽寂直將山外比羌渾

五郡次韻

蜀人不信秦川好食蔗從梢未及甘當道沙塵類河
北依山水竹似江南觀形隨阜飲溪鹿雲氣侵山食
葉蠶猶有道人迎客笑白鬚黄袖豈非聃

傳經臺

輪扁不能令子巧老聃雖智若爲傳遺經尚在臺如故弟子今無似喜賢

大秦寺

大秦遙可說高處見秦川草木埋深谷牛羊散晚田山平堪種麥僧魯不求禪北望長安市高城遠似煙

仙遊潭五首

潭

潭深不可涉潭小不通船路斷遊人止龍藏白沫旋剪藤量水短插石置橋堅橋外君民少躬耕不用錢

南寺

澄潭下無底將渡又安能慣上横空木輕生此寺僧曉魚開考考石塔見層層不到殊非惡宅年記未曾

北寺

君看潭北寺何用減潭南不到還能止重來獨未厭

荒涼增客思貧病覺僧慙飲水寒難忍誰言柏子甘

馬融石室

扶風貴公子早歲伴山家吹笛隨秋葉讀書隨曉鴉

業成心自叛學苦我長嗟石室非人住窮山雪似沙

玉女洞

洞門蒼蘚合傴仄不容身傳有虛明處中藏窈窕人

吹笙橋上月拾翠洞南春往往來山下蕭然雨洒塵

和子瞻調水符子瞻令人取玉女洞水恐其見欺破竹爲契使寺僧藏其一以爲往來之信故云

多防出多欲欲少防自簡君看山中人老死竟誰謾

渴飲吾井泉飢食甑中飦何用費卒徒取水負瓢罐

置符未免欺反覆慮多變授君無憂符階下泉可嚥

次韻子瞻招隱亭

隱居吾未暇何暇勸夫人試飲此亭酒自慙纓上塵
林深閑翠帟岸斷峻嚴闉送雪村酤釀迎陽鳥哢新
竹風吹斷籟湖月轉車輪霜葉飛投坐山梅重壓巾
欲居常有待已失歎無因古語君看取聲名本實賓

次韻子瞻凌虛臺

棄我謂我遠求我謂我還我一爾則二視此臺上山
山高上干天獨不照我顏無乃我自蔽誰謂山則慳
遠望不見趾近視不得鬟山實未始變任子自擇刪
北風吹南崖山上秋葉斑道遠又寒苦皴裂辭難攀
晴空卷朝雲照夜霜月彎强爾登此臺免爾超闤闠
扶風太守宅舊不見南山唯此臺上見之故云

次韻子瞻竹䶉

珍倣宋版印

野食不穿囷豁飲不盜盎嗟鼰獨何罪膏血自爲罟陰陽造百物偏此愚不爽肥癡與瘦黠稟受不相髣王孫處深谷小若兒在褓超騰避彈射將中還復往一朝受羈紲冠帶相賓饗愚死智亦擒臨食抵吾掌

次韻子瞻渼陂魚

渼陂霜落魚可掩枯茭破盤蒲折劍巨斧敲冰已暗知長乂刺浪那容閃鯨孫蛟子誰復惜朱鬣金鱗漫如染邂逅相遭已失津偶然一掉猶思塹嗟君遊宦久羊炙有似遠行安野店得魚未熟口流涎豈有哀矜自欺僭人生飽足百事已美味那令一朝欠少年勿笑貪七筯老病行看費鍼砭羊生懸骨空自飢伯夷食菜有不贍清名驚世不益身何異飲醯徒酤釅

和子瞻讀道藏

道書世多有吾讀老與莊老莊已云多何況其駢傍
所讀嗟甚少所得半已强有言至無言既得旋自忘
譬如飲醇酒已醉安用漿昔者惠子死莊子哭自傷
微言不復知言之使誰聽哭已輒復笑不如歛此藏
胎牛雜肥羜烹熟有不嘗安得西飛鴻送弟以與兄

次韻子瞻南溪微雪

南溪夜雪曉來霽有客晨遊酒未消風泛餘花來逐
馬光浮斷澗不知橋山寒凍合行人息醉熟賓歡舞
意囂歸騎相將踏瑤玉嗅林間認早梅條

和子瞻司竹監燒葦園因獵園下

駿馬七尺行馮馮曉出射獸霜爲冰荻園斫盡有枯
枿束茅吹火初如燈乍分乍合勢開展蒼煙被野風
騰騰黃狐驚顧嘯儔侶飛鳥先起如蒼蠅須臾立旆

珍倣宋版印

布行伍有似脩蟒橫岡陵蒼鷹猛犬出前後缺處已掛黃麻罾回風忽作火力怒平地一卷無疆塍商辛不出抱寶死曹瞞逸去燋其肱投身誤喜脫灰燼闖首旋已遭侵凌何人上馬氣吞虎狐帽壓耳皮蒙膺開弓徐射疊雙兎擁馬驩叫驚未曾舉鞭一麾百夫進擊鼓再發箭啓棚去如飛蚉中如雹獲若雨獸膏流漉肉分麾下飽壯士皮與公子留縑繒縱橫分裂惠村塢尚有磊落載後乘吾兄善射久無敵是日歛手稱不能憑鞍縱馬聊自適酒後醉語誰能鷹健兒擊搏信可樂主將雄猛今誰勝胷中森列萬貔虎嗟世但以文儒稱安得强弓傳長箭使射蔽日垂天鵬

木山引水二首

引水穿牆接竹梢谷藏峯底大容瓢將流旋滴廬山

瀑已盡還來海上潮亂點落池驚睡覺半含山潤沃
心焦瓦盆一斛何勝滿溢去猶能浸菊苗
簷下枯槎拂荻梢山州迤邐費公瓢幽泉細細流巖
鼻盆水瀰瀰漲海潮但愛堅如湖上石誰憐收自竈
中焦蒼崖寒溜須佳蔭尚少青冬石蟹苗
興州新開古東池
山遶興州萬疊青池開近郭百泉幷昔年種柳人安
在累歲開花藕自生波暖跳魚聞樂喜人來野鴨望
船鳴西還過此須終日爲問使君行未行
子瞻喜雨亭北隋仁壽宮中怪石
仁壽宮中穭穀生太湖蒼石草閒橫興衰換世身猶
在南北從人事已輕累石作臺秋蘚上鑿泬通水細
渠清三年此亦非公有空使他年記姓名

珍倣宋版印

用林姝韻賦雪

密雪來何晚窮冬候欲差投空落細米布地淨平沙
繚繞飛相着重仍積暗加雨微花破碎風細脚傾斜
次第來如摻冥濛墮不譁燖鵝吹勁鞴秀葦拂輕枷
畫字飄還沒團毬暖旋宂出鹽東海若鍊石古皇媧
翻簸騰歸騎紛飄集晚鴉庭梅辨紅蕚壠麥覆黃芽
撥砌求新藥尋蹤射伏麏埋樓平盡脊集樹短留槎
亂下曾何擇平鋪欲盡遮欺貧寒入褐惱客重添車
積素聊成燭烹甘強試茶病僧添曉鉢老令放晨衙
融液曾何有鮮明竟不奢積多還避井化早發從畬
溜滴簷垂著行觀逕轉蚰誰能相就醉都市酒容賒

送張唐英監閬州稅

閬中雖近蜀監稅本閑官豈足淹賢俊聊應長羽翰

讀書心健否答策意何闌未可厭畋獵田中有走貆

送張師道楊壽祺二同年

故國多賢俊登科並弟兄重來舊游處兩見近題名冉冉須堪把騷騷歲可驚孤轅已南向疋馬復西征入峽猿應苦還荊鴈已鳴喜從元帥幕官職漸崢嶸

送家定國同年赴永康掾

清慎岷山掾登科已七年迎親就魚稻爲吏擇林泉去騎關中熱歸心沫水鮮官閑幸可樂記買鷓鴣煎永康多鷓鴣

送霸州司理翟曼

大梁能賦客邊郡繫因曹官職不相稱聲名終自高試觀爲吏苦應過讀書勞努力事初宦尺緣無厭繅

送道士楊見素南遊

珍倣宋版印

黃河春漲入隋溝往意隨波日夜流萬里尋山如野鶴一身浮水似輕鷗湖風送客那論驛岳寺留人暗度秋遲子北歸來見我攜琴委曲記深幽

利路提刑亡伯郎中挽詞二首

好學先鄉黨登科復妙年誰爲耆舊傳最處縉紳先淪謝今亡矣風流孰繼焉魂歸食里社世世仰仁賢

晚歲官仍困終身恥自言廉明漢循吏仁愛鄭公孫赤縣朝稱理衡山德共尊遠人應罷市處處有遺恩

亡伯母同安縣君楊氏挽詞

德盛諸楊族賢宜伯父家周姜職蘋藻歐母事蠶麻大邑移封近陰堂去日賒空餘鏡奩在時出舊笄珈

欒城集卷第二

# 欒城集卷第三

詩七十五首

北京送孫曼叔屯田權三司開坼司

人生不願才才士困奔走君爲大農屬求暇更能否
自我遊魏博相識恨未久誰言但傾蓋信有勝白首
清晨坐風觀落日語涼牖棊精動如律弓健不論斗
旁觀我不能晤語君見受秋風起沙漠凄雨濕征袖
送行欲汲汲富貴恐君後將去聊遲遲已遠悲朋友

和强至太博小飲

誰能飲酒如傾水醉倒坐中扶不起形骸外物已如
遺升斗任君無復避霜梨冰脆寒侵齒未盡一杯先
已醉强將文字笑紅裙冷淡爲歡何足貴

和强君瓦亭

君爲魏博三年客日有江湖萬里心蹔得野亭留馬足强循疎柳步堤陰無人攜手共吳語得意搖頭時越吟何日東郊過微雨並騎鞍馬去同尋

中秋夜八絕得月明星稀烏鵲南飛韻

長空閑積雨清夜流明月看盡上樓人油然就西沒

誰遣常時月偏從此夜明暗添珠百倍潛感兔多生

欲見初容燭將升尚有星漸高圍漸小雲外轉亭亭

明入庭陰白寒侵酒氣微夜深看更好樓上漸人稀

浮光看不定重露試還無影翻狂舞客明誤已棲烏

巧轉上人衣徐行度樓角河漢冷無雲冥冥獨飛鵲

猿狖號枯木魚龍泣夜潭行人已天北思婦隔江南

看久須扶立行貪遂失歸誰能終不睡爛醉羽觴飛

次韻王君貺尚書會六同年

珍倣宋版印

有美佳賓賢主人布衣曾共脫京塵歡來未覺歲華晚醉後能令秋氣春發轡早同初宦日收功終籍老成身宅年此會應圖畫傳入誰家屏幃新

王君貺生日

純陰十月晚勁氣肅羣驕惟有喬松在長看積雪消生賢稟真性特立冠當朝早歲初成賦羣雄已失標治才精破竹廷論壯生飈博士皆推賈宣皇重試蕭周旋窮政體出入解心焦九列高稱冠三台豈足超論功歸顥霸舉相待虞姚驥騁經新臥弓强發久弨百年時節在四海衆心翹當見飛中使齎金賜此朝二府生日例賜金帛

次韻姚孝孫判官見還岐梁唱和詩集

伯氏文章豈敢知岐梁偶有往還詩自憐兄力能兼

弟誰肯墳終不聽莵西虢春游池百頃南溪秋入竹
千枝恨君曾是關中吏屬和追陪失此時

次韻王臨太博馬上

冬晚霜露重城遥鞍馬勞徒知事奔走曾未補毫毛
水旱嗟嚬蹙瘡痍費抑搔莫歸何暇食堆按簿書高

次韻王君北都偶成三首

河轉金隄近天高魏闕新千夫奉儒將百獸伏麒麟
校獵沙場莫談兵玉帳春關南知不遠誰試問番鄰
天寶亂已定河堧兵更多故城埋白骨遺俗喜長戈
臥獸常思肉奔鯨不受羅縱横竟安在誰見冢嵯峨
禁籞封金殿清河貫石門時平餘古木兵散有空屯
形勝山圍闊蕃宣海内尊川原不論頃雲夢可勝吞

次韻沈立少卿白鹿

珍倣宋版印

白鹿何年養鷺猜未肯馴軒除非本性飲食强依人
照影冰浮水飛毛雪洒塵獨游應已倦忽見乍凝神
野色明幽步煙蕪薦臥身異姿人共愛清意爾誰親
日暖山苗熟風微澗草春何緣解韁縶奔放任天真

送陳安期都官出城馬上

城中二月不知春唯有東風滿面塵歸意已隨行客
去流年驚見柳條新簿書填委休何日學問榛蕪愧
古人一頃稻田三畝竹故園何負不收身

登上水關

淇水沄沄入禁城城樓中斷過深清空郊南數牛羊
下落日迴瞻觀闕明歲月逼人行老大江湖發興感
平生畫船早晚籠新屋慰意來看水面平

寒食贈遊壓沙諸君

城南壓沙古河淤沙上種梨千萬株隆冬十月我獨
往風吹葉盡枝條踈老僧屈指數春候卻後百日花
當蘇黴風細雨膏潤足枝頭萬萬排明珠齊開競發
不知數照曜氷雪明村墟此時官閑得遊賞長堤平
穩宜驂駒寺門古木芽葉動倉庚布縠相和呼及時
行樂不可緩歲長春短花須臾僧言我意兩相值欲
往屢已脂吾車今朝寒食煙火斷薄雲蔽日風沙除
此花久已待我至况有朋友相攜扶來邀反覆不能
往豈獨負君花已辜諸君高邁足才思佐酒况得萬
玉奴坐中未醉愼無起倒載當使山公如

明日安厚卿强幾聖復召飲醉次前韻

芳樽酌水清無淤梨園著雪迷根株鄰宮士女喜行
樂坐上醉客誰親踈倦遊不知歲月過痛飲漸覺筋

珍倣宋版印

骸蘇風吹落片亂鵝毳雨結細霰駢明珠雲屯冰積
動論頃誰信城郭涵村墟坐觀明媚低照席行看繁
鬧橫遮駒我貧不辦供酒炙側耳日聽交朋呼無端
人事巧拘束曾不見置閑須臾長鯨渴水求入海老
驥伏櫪思就車清明未過春未老寒食豈必節與除
二君爲我重置酒席上醉倒交相扶歡娛安用苦酬
酢叫嘯不畏相罪辜昏然已覺萬物小下視吏役真
婢奴請君數具牛酒費此外百事何能如

次韻柳子玉郎中見寄

新年始是識君初顧我塵埃正滿裾談辯未容朝夕
聽情親空愧往還書久聞筆陣無前敵更擬詩壇託
後車待得入城應少暇相從有約定何如

秀州僧本瑩淨照堂

有僧訪我攜詩卷自說初成淨照堂求得篇章書壁
素不論塵土漬衣黃故山別後成新歲歸夢春來遶
舊房看取盈編定何益客來無語但循墻

京師送王頤殿丞

憶遊長安城皆飲毋卿宅身雖坐上賓心是道路客
笑言安能久車馬就奔迫城南南山近勝絶聞自昔
徘徊竟莫往指點煩鞭策道傍古龍池深透河渭澤
山行吾不能愧此纔咫尺壯哉誰開鑿千頃如一席
參差山麓近滉蕩波光射君時在池上俗事厭紛劇
望門不敢叩恐笑塵土迹自從旅京城所向愈無適
君來曾未幾已復向南國扁舟出淮汴唯見江海碧
野人處城市長願有羽翮脱身相從遊未果聊自責

石蒼舒醉墨堂

珍倣宋版印

石君得書法弄筆歲月久經營妙在心舒卷功隨手
惟茲逸羣氣扶駕須斗酒作堂名醉墨揮灑動牆牖
安得濁酒池淋漓看濡首但取繼張君莫顧顛名醜

遊淨因院寄璉禪師

歲月潛消日裏冰依然來見佛堂燈此身已自非前
我問法何妨似舊僧灑面飛泉時點點壓池蒼石尚
層層遙知近愛金山好江水煎茶日幾升

送柳子玉

柳侯白首郎風格終近古舊遊日零落新輩誰與伍
人情逐時好變化無定主試看近時人相教蹈規矩
行身劇孔孟稱道皆舜禹但求免譏評豈顧愁肺腑
坐令不羈士舉足遭網罟緬懷我生初遺俗尚目睹
中庸雖已亡比近則猶愈老成慎趨好後生守淳魯

豈效相謾欺銜牛沽馬脯過惡酒色間可罪非可惡
譬如嵇與阮心迹豈深蠹京師逢柳侯往事能歷數
歎息子美賢相與實舊故至今存篇章醉墨龍蛇舞
斯人今苟在亦恐終囚虜惜哉時論隘安置失處所
一麾寄河壖垂老幸有土世俗安足論且盡杯中醑

送蘇公佐修撰知梓州

乘軺舊西蜀出鎮復東川父老知遺愛壺漿定滿前
江山昔年路旄節異邦權望重朝中舊疆分劒外天
歲登無猛政蠻服罷防邊去國身雖樂憂時論獨堅
孤誠抱松直彙進比茅連我亦相從逝疎狂且自全

送任師中通判黄州

一別都門今五年劇談精壯故依然厭居巴蜀千山
底决住荆河十頃田老去功名無意取身閑詩筆更

珍倣宋版印

能專黄州無事聊須飲世俗方今自足賢

南窗

京師三日雪雪盡泥方深閉門謝還往不聞車馬音
西齋書帙亂南窗初日升展轉守床榻欲起復不能
開戸失瓊玉滿堦松竹陰客從遠方來疑我何苦心
疎拙自當爾有酒聊共斟

次韻楊褒直講攬鏡

鬢髮年來日向衰相寬不用强裁詩壯心付與東流
去霜盤何妨左手持花發黄鸝巧言語池開楊柳鬬
腰肢勸君行樂還聽否即是南風苦熱時

送錢婺州純老

桃花汴水半河流已作南行第一舟倦報朝中言嘖
亂喜聞淮上擄咿呦平時答策詞無枉此去爲邦學

更優自古東陽足賢守請君重賦沈公樓

次韻柳子玉見贈

壯心衰盡愧當年刻意爲文日幾千老去讀書聊度歲春來多睡苦便氈夢歸似鴈長飛去才短如蠶只自纏唯有聞詩尚思和可能時寄最高篇

次韻任遵聖見寄

故國老成誰復先壯心空記話當年灌夫失意貧無友梅福辭官晚作仙詩句清新非世俗退居安穩卜江天宅年我亦從君隱多買黃魚煮復煎

次韻劉貢甫學士畫松石圖歌

長松大石生長見揭遊塵土嗟空羨寒翠關心失舊交滎華過眼驚流電破繒買得古畫圖遺墨參差隨斷線蟉枝倒掛風自舞直幹孤生看面面故山舊物

遠莫致愛此隨人共流轉物生眞僞竟何有適意一時寧復辨少年所好老成癖傍人指笑嗟矜衒京城宅舍松石希買費百金猶恐賤

送頓起及第還蔡州

詔書京輔起沉淪歲貢仍居第一人不愧得官名暫屈自誇對策語深淳讀書飽足終無厭從宦奔馳自此新我去淮陽今不久鄰邦時得問音塵

初到陳州二首

謀拙身無向歸田久未成來陳爲懶計傳道愧虛名俎豆終難合詩書強欲明斯文吾已試深恐誤諸生

久愛閑居樂茲行恐遂不上官容碌碌飽食更悠悠枕畔書成僻湖邊柳散愁疎慵愧韓子文字化潮州

柳湖感物

柳湖萬柳作雲屯種時亂插不須根根如臥虬身合抱仰視不見蜩蟬喧開花三月亂飛雪過牆度水無復還窮高極遠風力盡棄墜泥土顏色昏偶然直墮湖中水化爲浮萍輕且繁隨波上下去無定物性不改天使然南山老松長百尺根入石底蛟龍蟠秋深葉上露如雨傾流入土明珠圓乘春發生葉短短根大如指長而堅神農嘗藥最上品氣力直壓鍾乳溫物生稟受久已異世俗何始分愚賢（嘗見野人言柳花入水爲浮萍松上露墮地爲仙茅陰乾服之益人古方云十斤鍾乳不如一斤仙茅）

柳湖久無水悵然成詠

平湖水盡起黃埃惟有長堤萬萬栽病鶴摧頹沙上舞遊人寂寞岸邊回秋風草木初搖落日莫樵蘇自往來更識明年春絮起共看飛雪亂成堆

珍倣宋版印

次韻孫戶曹朴柳湖

疎慵非敢獨違時野性顚狂不受羈猶有曲湖容笑傲誰言與物苦參差水乾生草曾非惡鶴舞因風忽自怡最愛柳陰遲日暖幅巾輕屨肯相隨

贈李簡夫司封

平生談笑接諸公歸老身心着苦空往事少能陪晤語新詩時喜挹清風形骸摩詰羸偏健筆札西臺晚更工笑我壯年常苦病異時何以作衰翁

次韻李簡夫秋園

秋色豈相負小園仍有花遶欄吟落日拾徑得殘葩菊細初藏蝶桐疎不庇鵶遊觀須作意霜雪僅留槎

題李簡夫葆光亭

逕草侵苔屩庭花墮石臺小庭幽事足野色向人來

坐上烏皮几墻間大瓠罍老成無不可談笑得徘徊

次韻李簡夫因病不出

十五年來一味閑近來推病更安眠鶴形自瘦非關老僧定端居不計年坐上要須長滿客杖頭何用出攜錢未嫌語笑妨清靜閑暇陪公几杖前

張安道尚書生日

出入三朝望愈尊淮陽退臥避喧煩崇高歷遍知皆妄風俗頻遷氣獨存世事直須勞舊德歸心那復厭名藩赤松作伴功雖切白髮憂時義所敦仁比高山年自倍秋逢生日喜盈門知公知命身無禱聊爲生靈舉壽樽

送劉道原學士歸南康

大川傾流萬物俱根旋腳脫爭奔徂流萍斷梗誰復

數長林巨石曾須臾軒昂顛倒唯恐後嗟予何獨强根株三年一語未嘗屈擬學文舉驚當塗心知勢力非汝敵獨恐清議無遺餘扁舟歲晚告歸覲家膳欲及羞蓴鱸隱居高節世世所尚掛冠早歲還州閭紛紜世事不着耳得失豈復分錙銖投身固已陷泥滓獨立未免遭霑濡君歸左右誰高趣牛毛細數分賢愚

題滑洲畫舫齋贈李公擇學士

牕戶重重向日明船居氣味此中生汀州出沒叢花短波浪澄虛兩岸平竄逐南來身未穩安閑感物意猶驚前賢事迹君今似不愧當年畫舫名歐陽公南還佐是邦而爲此齋公擇之謫亦從南來故云

送王恪郎中知襄州

魏公德業冠當年汝守威名竦漢邊將相傳家俱未

遠子孫到處各推賢風流最喜君真似符竹連分政得專峴首重尋碑墮淚習池還指客橫鞭逃亡已覺依劉表寒俊應須禮浩然當有郡人知古意欄街齊唱接䍦篇

和張安道讀杜集用其韻

我公才不世晚歲道尤高與物都無著看書未覺勞微言精老易奇韻喜莊騷杜叟詩篇在唐人氣力豪近時無沈宋前輩蔑劉曹天驥精神穩層臺結構牢龍騰非有迹鯨轉自生濤浩蕩來何極雍容去若遨壇高真命將毳亂始知髦白也空無敵微之豈少褒論文開錦繡賦命委蓬蒿初試中書日旋聞鄜時逃妻孥隔豺虎闕輔暗旌旄入蜀營三徑浮江寄一艘投人慙下舍愛酒類東皐漂泊終浮梗迂疎獨釣鼇

珍做宋版印

誤身空有賦捔脛惜無袍卷軸今何益零丁昔未遭
相如元並世惠子謾臨濠得失將誰怨憑公付濁醪

送張公安道南都留臺

識公歲已深從公非一日仰公如重雲庇我貧賤迹
公歸無留意我處念平昔少年喜文字東行始觀國
成都多遊士投謁密如櫛紛然衆人中顧我好顏色
猖狂感一遇邂逅登仕籍爾來十六年甕髮就衰白
謀身日已謬處世復何益從來學俎豆漸老信典冊
自知百不堪偶未三見黜譬如溝中斷誰復强收拾
高懷絕塵土舊好等金石庠齋幸無事樽俎奉清適
居然遠憂患況復取矜式汪洋際海深淡泊朱弦直
狥時非所安歸去亦何失道存尚可卷功成古難必
還尋赤松子獨就丹砂術恨無二頃田伴公老蓬蓽

傅欽之學士濟源草堂

聞有高居直百金西山南麓北山陰園通濟水池塘好花近洛川顔色深人去節旄分重鎮客來猿鶴感幽吟漠溪雨過西湖漲歸興蕭然定不任欽之時在許州

文與可學士墨君堂

虛堂竹叢間那復厭竹遠風庭響交戛月牖散凌亂尚恐晝掩關嬋娟不長見中堂閑素壁蕭颯起霜榦隨宜賦生意落筆皆葱蒨根莖雜土石枝葉互長短依依露下綠冉冉風中展開門視叢薄與此終何辨

故成都尹陸介夫挽詞

擁節西來未一年淒涼道路泣東轅蜀都富樂真當惜民事艱難誰復論白馬何人趨遠日青芻盈束更無言異時歸去逢遺老空聽咨嗟述舊恩

次韻柳子玉謫官壽春舟過宛丘見寄二首

局冷曾非簿領迷幽居渾似未官時忽聞客至驚還

喜出見泥深笑不知謀拙未能憂歲計身閑聊可飽

晨炊行舟借問何忽草淮口無潮月正虧

獻酬不用辭升斗曲直何勞問尺尋要路風波無限

惡謫居情味最能深交從錦水初無間鄰卜共山已

有心草聖詩豪並神速數因南鴈惠佳音

次韻子瞻潁州留別二首

託身遊宦鄉終老羨箕潁隱居亦何樂親愛形隨影

念兄適吳越霜降水初冷翩然事舟楫棄此室廬靜

平明知當發中夜抱虛警永懷江上宅歸計失不猛

人生狗所役有若魚墮井遠行豈易還劇飲終難醒

不如早自乞閑日庶猶永世事非所憂多憂亦誰省

放舟清淮上蕩潏洗心胸所遇日轉勝恨我不得同
江淮忽中斷陂埭何重重紫蟹三寸筐白梟五尺童
赤鯉寒在汕紅粳滿霜風西成百物賤加湌慰貧窮
胡爲復相念未肯安南東人生免飢寒不受外物攻
不見田野人四壁編茅蓬有食輒自樂誰知富家翁

陪歐陽少師永叔燕潁州西湖

西湖草木公所種仁人實使甘棠重歸來築室傍湖
東勝遊還與邦人共公年未老髮先衰對酒清歡似
昔時功成業就了無事令名付與他人知平生著書
今絕筆閉門燕居未嘗出忽來湖上尋舊遊坐令湖
水生顏色酒行樂作遊人多爭觀竊語誰能呵十年
思潁今在潁不飲耐此遊人何

歐陽公所蓄石屏

珍倣宋版印

石中枯木雙扶疎粲然脈理通肌膚剖開左右兩相屬細看不見豪髮殊老樗剝落但存骨病松憔悴空留鬚丘陵迤邐山麓近雲煙澹靄風雨餘我驚造物巧如此刻畫瑣細供人須公家此類尚非一客至不識空嗟吁案頭紫雲抱明月床上寒木翻飢烏賦形簡易神自足鄙棄筆墨嗟勤劬天工此意與人競雜出變怪驚羣愚世間淺拙無與敵比擬賴有公新書月石硯屏及石上寒林棲烏皆公詩所賦

次韻子瞻初出潁口見淮山

清淮此日見滄浪始覺南來道路長牕轉山光時隱見船知水力故軒昂白魚受釣收寒玉紅稻堆場列遠岡波浪連天東近海乘桴直恐漸茫茫

次韻子瞻壽州城東龍潭

東行取次閱三州擊鼓清晨復解舟車騎紛紜追過客歌鍾凄咽動潛蚪宦遊底處非巢燕歸計何嫌誚沐猴賴有故人憐遠適慇懃屢勸酒行周

和子瞻渦口遇風

長淮暮生風來自渦河口新舟雖云固波浪亦難受詩來話艱厄驚恐及兒婦憶同泝荊峽終夜愁石首餘飇入幃幄跳沫濺窗牖平生未省見驚顧欲狂走爾來涉憂患漸覺成老醜遙喜波浪中時能飲醇酒

和子瞻濠州七絕

塗山

娶婦山中不肯留會朝山下萬諸侯古人辛苦今誰信只見清淮入海流

彭祖廟

珍倣宋版印

長說先師似老彭共疑好學古書生不知亦解湌雲母白日登天萬事輕山有雲母云彭祖所採服

逍遙臺莊子墓上祠堂也

猖狂戰國古神仙曳尾泥塗老更安厭世乘雲人不見空壙聊復葬衣冠

觀魚臺

莊子談空惠子聽郢人斤斧竢忘形莫嗟質喪無知者對石何妨自說經

虞姬墓

布叛增亡國已空摧殘羽翮自令窮艱難獨與虞姬共誰使西來敵沛公

四望亭太和中郡守劉嗣之立李紳爲之記今亭廢矣

唐史不聞劉嗣之空傳短李舊歌詩高亭毀盡唯存

記猶有區區父老知

浮山洞 洞在淮上夏潦不能及而冬不加高故人疑其浮也

洞府元依水面開秋潮每到洞門回幽人燕坐門前石長看長淮船去來

和子瞻泗州僧伽塔

清淮濁汴爭强雄龜山下閟支祁宮高秋水來無遠近蕩滅洲渚乘城墉千艘銜尾誰復惜萬人雨泣哀將窮城中古塔高百尺下有蛻骨黃金容蛟龍百怪不敢近迴風倒浪歸無蹤越商胡賈豈知道脫身獻寶酬元功至人已立萬物表劫火僅置毛孔中區區淮汴亦何有一挹可注滄溟東胡爲尙與水族較時出變怪驚愚聾於呼此意不可詰仰觀飛拱凌晴空

次韻子瞻發洪澤遇大風卻還宿

昨夜宿鴻澤再來遂如歸卻行雖云拙乘險諒亦非
誰言淮陰近阻此駭浪飛長風徑千里蛟蜃相因依
眇然恃一葉此勢安可違冒涉彼何人勇決生慮微
欲速有不達魚腹豈足肥風帆尚可轉野廟誰能祈
但當擁衾睡慎閉牕與扉夜聞聲尚惡起視聊披衣

次韻子瞻記十月十六日所見

君不見天高后土黃變化出入唯陰陽旋凝細霧作
飛雹復遺震雷追日光可憐萬物甚微細坐聽百變
隨顛僵深根固蔕無計遯倏來忽返安能防平生未
見實驚耳稍遠不知如隔牆君看歌舞醉華屋下有
贔屭排兩廊眼前苦樂尚懸絕空中造化知有亡我
居宛丘厭凝沍雪翻海水塡陂塘但知膏澤利牟麥
恣食麩餌眞嘉祥山陽所記亦何事有酒胡不盡一

䲔

欒城集卷第三

# 欒城集卷第四

詩七十四首

次韻子瞻廣陵會三同舍各以其字爲韻

劉貢甫

貢甫少多才交遊一何衆談詞坐傾倒玉麈日揮弄逡巡不爲虗巧捷有微中羣情忌超邁微過出嘲諷南遷時已久未見肯力貢舌在終自奇髀滿安足痛人生百年內僅比一朝夢駸駸就消涸斗水傾漏甕江淮未可嫌遲晚聊自送試觀終日閑何似兩耳鬨

孫巨源

巨源學從橫世事夙討論著書十萬字辯如白波翻諫垣適多事憂心生病根立談信無補閉口出國門棄置臥江海閔嘿寧復言朝行共長歎逐客繼二孫

(謂莘老巨源)南方固鄉黨謫宦侶鶴猿風俗未寧靜朋黨
爭排根引去艮自得獨清在澄源往者未可招冠蓋
方駸奔

劉莘老

莘老奮徒步首與觀國賓儼然自約束祓服載與紳
韍勉丞相府接迹輿臺臣顧嫌任安躁未忍裂坐茵
推置冠獬豸謂言我比鄰三晉固多士骯髒存斯人
竄責不敢辭狂言見天真南方異風俗强食魚尾莘
應同賈太傅抱屈恥自陳猶有痛哭書受釐定何辰

和子瞻金山

長江欲盡闊無邊金山當中唯一石潮平風靜日浮
海縹緲樓臺轉金碧瓜洲初見石頭城城下波濤與
海平中流轉柁疑無岸泊舟未定僧先迎山中岑寂

恐未足復將江水遶山麓四無鄰家羣動息鍾聲鏗鍠答山谷烏鳶力薄墮中路惟有胡鷹石上宿誰知江海多行舟遊人上下奪巖幽老僧心定身不定送往迎來何時竟朝遊未厭夜未歸愛山如此如公稀不待遊人盡歸去恐公未識山中趣

和子瞻焦山

金山遊遍入焦山舟輕帆急須臾間涉江已遠風浪闊遊人到此皆爭還山頭冉冉萬竿竹樓閣不見門長關金山共此一江水只有勝絕無此閑野僧終日飽一飯與世相視如髦蠻門無舟楫斷還往說法教化黿鼉頑偶然客至話鄉國西望落日低銅鐶岷峨正在日入處想象積雪堆青鬟稻田一頃良自給仕宦不返知誰扳久安祿廩農事廢強弓一弛無由彎

行逢佳處輒歎息想見茅屋藏榛菅我知此地便堪
隱稻苗旆旆魚斑斑譙山長老蜀僧也

次韻子瞻遊甘露寺

去國日已遠涉江歲將闌東南富山水跬步留清歡
遷延廢行邁忽忘身在官清晨陟甘露乘高棄征鞍
超然脫闤闠穿雲撫朱欄下視萬物微惟覺滄海寬
潮來聲洶洶望極空漫漫一一渡海船冉冉移檣竿
水怪時出沒羣嬉類猨豭羱幽陰自生火青熒復誰鑽
石頭古天險憑恃分權瞞疑城矅遠目來騎驚新觀
聚散定王業成毀猶月團金山百圍石岌岌隨濤瀾
猶疑漢宮廷屹立承露盤狂波恣吞噬萬古嗟獨完
凝眸厭滉瀁遶屋行盤跚此寺歷今古遺迹皆龍鸞
孔明所坐石牂攊非人刊經霜衆草短積雨青苔寒

珍倣宋版印

蕭翁嗜佛法大福將力干坡陁故鑊在甲錯蒼龍蟠
衞公秉節制佛骨埋金棺長松看百尺畫像留三歎
新詩語何麗傳讀紙遂刓嗟我本漁釣江湖心所安
方爲籠中閉仰羨天際摶遊觀惜不與賦詠嗟獨難
俸祿藉升斗虀鹽嗜鹹酸何時扁舟去不俟官長彈

李僩夫挽詞二首

老成渾欲盡吊客一潸然遺事人人記清詩句句傳
掛冠踈傳早樂世白公賢歎息風流在埋文得細鐫

又

歸隱淮陽市遨遊十六年養生能淡泊愛客故留連
傾蓋知心晚論詩臥病前葆光塵滿榻無復聽談禪

次韻子瞻初到杭州見寄二絶

吏治區區豈不任吳中已自富才能還應占位書名

姓學取藍田崔縣丞
試盡風波萬里身到官山水却宜人君知晏子恩仍
厚還與從來舊卜鄰
和柳子玉地爐
鑿地泥床不費功山深炭賤火長紅擁衾熟睡朝衙
後抱膝微吟莫雪中寵辱兩忘輕世味冰霜不到傲
天工遙知麻步無人客寒夜清樽誰與同
和柳子玉紙帳
夫子清貧不耐冬書齋還費紙重重牕明曉日從教
入帳厚霜飈定不容京兆牛衣聊可藉公孫布被旋
須縫吳綾蜀錦非嫌汝簡淡爲生要易供
次韻子瞻遊孤山訪惠勲惠思
鳥依山魚依湖但有所有無所無輕舟沿泝窮遠近

肩輿上下更傳呼翩然獨往不攜孥兼擅魚鳥兩所娛困依巖石坐巉絕行牽翠蔓隨纏紆道逢懃思訪其廬誦詩清切秋蟬孤隱居羞踏陌上士何人起愛輪下蒲水南巷中羅百夫鷄鳴朝謁至日晡人生變化安可料憐汝久遁終無圖鳧鷖不足鶴有餘一俯一仰戚與蘧嗟我久欲從逃逋方圓不敢左右摹

宛丘二詠幷序

宛丘城西柳湖累歲無水開元寺殿下山茶一株枝葉甚茂亦數年不開輒頃從子瞻遊此每以二物爲恨去秋雨雪相仍湖中春水忽生數尺至二月中山茶復開千餘朵因作二詩奉寄

旱湖堤上柳空多倚岸輕舟奈汝何秋雨連渠添積潤春風吹凍忽生波蟲魚便爾來無數鳧鴈猶疑未

肯過持詫錢塘應笑我坳中浮芥兩幺麽

古殿山花叢百圍故圍曾見色依依凌寒强比松筠秀吐豔空驚歲月非冰雪紛紜眞性在根株老大衆園希山中草木誰攜種潦倒塵埃不復歸

贈提刑賈司門青

前年乘舟護南河宛丘官舍酣且歌去年持節憂犴獄驅車道路日不足今年春風塵土黃遠赴三州議繇役天子憂民法令新整齊百事無閑人苗耘髮櫛何時已回首昔遊如夢寐區區學舍曾未知春晚日長唯有睡才智有餘安得閑疎慵顧我自當然喜君未忘太平事獨稱赦書旌孝子項城有孝子負土成墳賈移文陳州請用赦書存卹之

同陳述古舍人觀芍藥

藹藹堂西十畝園晚涼迎步綠陰繁共驚春去已多日爭看花開最後番未許狂風催爛熳故將青幄强安存請公作意勤歡賞趁取殘紅照酒樽

次韻子瞻見寄

我將西歸老故丘長江欲濟無行舟宦游已如馬受軛衰病擬學龜藏頭三年學舍百不與麋費廩粟常慙羞矯時自信力不足從政敢謂學已優閉門却掃誰與語晝夢時作鈞天遊自從四方多法律深山更深逃無術衆人奔走我獨閑何異端居割蜂蜜懷安已久心自知彈劾未至理先屈餘杭軍府百事勞經年未見持干旄賈生作傳無封事屈平憂世多離騷煩刑弊法非公恥怒馬奔車忌鞭箠藐藐何自聽諄諄諤諤諤未必賢唯唯求田問舍古所非荒畦弊宅今

餘幾出從王事當有程去須膰肉嫌無名掃除百憂唯有酒未退聊取身心輕

趙少師自南都訪歐陽少師於潁川留西湖久之作詩獻歐陽公

公居潁水上德與潁水清身閑道轉勝內足無復營平昔富交遊開門坐常盈退居萬事樂獨恨無友生汝潁亦多士後來非老成趙公平生舊情好均弟兄少年結意氣晚歲齊功名攜手踐廊廟躡足辭鈞衡徜徉里閭間脫略世俗縈興來忽命駕一往千里輕白髮儼相映元勳各崢嶸人生會面難此會有餘情遨遊西湖中仲夏草木榮壺觴列四坐歌舞羅前楹畫舫極沿泝肩輿並逢迎棹進鳧鴨亂樂作蟲魚驚近寺駢履迹高臺吹笑聲往事語京洛餘歡發吟賡

珍倣宋版印

拳拳主人厚款款來客誠此樂有時盡此好何由傾

次韻子瞻望湖樓上五絶

欲看西湖兩岸山臥乘湖上木蘭船湖山已自隨船
改更值陰晴欲雨天
眼看西湖不蹔來簿書無算撥還開三年屈指渾將
盡記取從今得幾回
湖山欲買恨無錢且盡芳樽對玉盤菱角鷄頭應已
厭蟹螯馬頰更勤飡
終日清漪弄短橈久忘車乘走翹翹秋風且食鱸魚
美洛下諸生未可招
滯留朝市常嫌鬧放棄江湖也未閑孤舫粗窮千頃
浪肩輿未盡百重山

和柳子玉共城新開御河過所居牆下

卜築共山功欲成新河入縣巧相縈誰將畚鍤千夫力添上園林一倍清生長魚鰕供晚饌浮沉鵝鴨放春聲爲鄰有意非今日丐我餘波伴濯纓

歐陽太師挽詞三首

雄文元命世直氣早成風受任衰遲後安邦反側中迴天深有力扆聖恥言功事已身隨去驚嗟柱石空

又

唐弊文初喪書成法至今雍容趨聖處深切可人心氣力知難繼風流喜不淫懸知公欲謝異說勇交侵

又

推轂誠多士登龍盛一時西門行有慟東閣見無期念昔先君子嘗蒙國士知舊恩終未報感歎不勝悲

賦黃鶴樓贈李公擇公擇時知鄂州

珍倣宋版印

前年見君河之浦東風吹河沙如霧北潭楊柳强知春樽酒相攜終日語君家東南風氣清謫官河堧不稱情一麾夏口亦何有高樓黃鶴慰平生荆江洞庭春浪起漢沔初來入江水岸頭南北不相知惟見風濤湧天地巫峽瀟湘萬里船中流鼓楫四茫然高城枕山望如帶華榱照日光流淵樓上騷人多古意坐忘朝市無窮事誰道武昌岸下魚不如建業城邊水

次韻子瞻餘杭法喜寺綠野亭懷吳興太守孫莘老

信美非吾土三吳一水中亭高望已極舟入去無窮朝市知安在湖山信有功遨遊逐鳬鴨飲食數魚蟲波浪喧朝夕梅烝變綠紅逢人問京洛去國長兒童同舍情相接鄰邦信屢通相邀欲相過道里訊溪翁

和子瞻宿臨安淨土寺

四方清淨居多被僧所占既無世俗營百事得豐贍
家居每紛薄奉養出寒欠昔年旅東都局促吁已厭
城西近精廬長老時一覘每來獲所求食飽山茶釅
塵埃就湯沐垢膩脫巾襜不知禪味深但取飢腸饜
京城苦煩溷物景費治染吳都況清華觀剎吐光豔
石矼度空闊泉溜瀉深塹經過未足多終老應長歎

和子瞻自淨土步至功臣寺

山平村塢連野寺鐘相答晚陰生林莽落日猶在塔
行招兩社僧共步青山月送客渡石橋迎客出林樾
幽尋本真性往事聽徐說錢王方壯年此邦事輕俠
鄉人鄙貧賤異類識英傑立石象興王遺跡今岌嶪
功勳三吳定富貴四海甲歸來父老藏崇高畏摧壓

珍倣宋版印

詩人巧譏病牛領恣挑抉流傳後世人談笑資口舌是非亦已矣興廢何倉卒持歸問禪翁笑指浮漚沒

次韻子瞻遊徑山

去年渡江愛吳山忽忘蜀道輕秦川錢塘後到山最勝下枕湖水相縈旋坐疑吳會無復有扁舟屢出凌濤淵今秋復入徑山寺勢壓衆嶺皆摧顛連峯沓嶂不知數重重相抱如青蓮散爲雲霧翳星斗聚作潭井藏蜿蜒欽翁未到人迹絕千里受記來安禪荒榛野草置茅屋坐令海賈輸金錢至今傳法破煩惱飽食過客容安眠解裝投錫不復去紛紛四合來烏鳶或言此處猶未好海上人少無煩煎天台鴈蕩最深秀水驚石瘦尤清便青山獨往無不可論說好醜徒紛然終當直去無遠近藤鞋竹杖聊窮年

次韻子瞻自徑山回宿湖上

朝從徑山來泱莽徑山色莫從湖上歸滉漾湖光碧借問泛湖舟何似登山屐高懷厭朝市遠去忘憂慄目向幽人青顏從濁醪赤塵埃解羅網宇宙爲安宅油然了無營此意誰能詰嗟予別離久欲往徒反側留滯亦何爲空驚突深黑

次韻子瞻題孫莘老墨妙亭

高岸爲谷谷爲陵一時豪傑空飛騰身隨造化不復返忽若野雀逢蒼鷹當年碑刻最深固風吹土蝕消無稜遺文漫滅雨中迹翠石斷裂春後冰古墳欲毀野廟廢行人不去征鞍憑書生躭翫立風雪飢驢厭苦瘦奴憎愛之欲取恨無力旋揉翠墨濡黄繒不如好事孫太守牛車徒置華堂登遶牆羅列耀珪璧罷

珍倣宋版印

燕起讀留賓朋却思遺迹本安在原隰處處荒榛藤田夫野老誰復顧鬼火夜照來寒燈廢興聚散一如此反使洙泗沾人膺

熙寧壬子八月於洛陽妙覺寺考試舉人及還道出嵩少之間至許昌共得大小詩二十六首

洛陽試院樓上新晴五絶

縹緲危譙面面山朝來雲作雨潺潺忽然風卷歸何處百里陰晴反掌閒

嵩少猶藏薄霧中前山迤邐夕陽紅高樓一閉三十日遥憶巖頭種藥翁

伊闕遥臨鳳闕前龍門女几氣蒼然唐朝御路依稀在猶想東巡壓暗天

天壇王屋北侵河高比嵩丘一倍多小有清靈今尚

在俗緣深重柰成魔
前朝宮闕倚芒山殿閣層層半嶺閒猶恐北來岡阜
淺大行東抱故孱顏
和頓主簿起見贈二首
聲病消磨只古文諸儒經術鬭紛紜不知舊學都無
用猶把新書强欲分老病心情愁見敵少年詞氣動
干雲搜賢報國吾何敢欲補空疎但有勤
一鎖樓中暗度秋微官黽勉未能休笑談容我聊紓
放文字憑君便去留杯酒淋漓已非敵清詩竊眇更
難酬東歸猶得聯征騎同上嵩高望九州
將出洛城過廣愛寺見三學演師引觀楊惠
之塑寶山朱瑤畫文殊普賢爲賦三首
寺古依喬木僧閑正莫年爲生何寂寞愛客尚留連

虛牖羅脩竹空廚響細泉坐聽談舊事遍識洛中賢

又

虛室無尋丈青山有百層迴峯看不足危石恐將崩

聽法來天女依巖老梵僧須彌傳納芥觀此信還曾

又

壁毀丹青在移來殿廡深賦形驚變態觀佛覺無心

旌旆翻空色笙竽含妙音風流出吳樣遺法到如今

登封道中三絶

緱山祠

飛仙不返周王子重阜相連少室孫夜靜笙聲兼鶴

下迴看惟有故山存

轘轅道

青山欲上疑無路澗道相縈九十盤東望嵩高分草

木冋瞻原隰湧波瀾

少林寺贈頓起

一徑喬林下黃葉三山翠壁遶禪居共君將住還歸去欲問安心知己踈（少林東接少室北倚石城南臨鳳凰山鳳凰山上有初祖庵二祖問法於此）

登嵩山十首

石徑

蒼壁上參天微徑隨流水聲牙石齒亂紛薄黃葉委牽攀不得上顛仆幾將止勉強終此行更老知難至

玉女窻

巖竇有虛明曨曨發晴曉真人無儔匹牕下晨粧早門開秋雨入室靜長風掃絕跡杳難尋朱顏未嘗老

擣衣石

珍倣宋版印

玉女雲爲衣飄搖不須摶空傳巖下石夜杵知誰抱
清泉供澣濯素月鋪縉縞人世迫秋寒處處砧聲早

醒心泉

上山苦飢渴中道得寒泉舉瓢石竇響入口煩痾痊
洑流去不見落澗聲鏗然莫歸復相值相從下平川

峯頂寺

重重山前峯上上終非頂行登衆嶺徹始得山門迥
高風慘多寒落日側先瞑却視向所經眇如在深井

登封壇

登封事已遙大碑摧風雨靈壇久銷禿古木中梁柱
峯巒至此盡蒼石無寸土俯視萬仞高悲辛但狂顧

法華巖

飛橋走巖居茅屋今已破何年避世僧此地常獨臥

秋風高鳥入夜月寒猿過自非心已灰靜極生悲情

將軍柏（在天封觀觀卽唐避暑宮）

肅肅避暑宮石殿秋日冷凜然中庭柏氣壓千夫整
風聲荅萬壑雲色通諸嶺材大難爲工甘與蓬蒿屏

吳道子畫四眞君（在精思觀）

浮埃古壁上蕭然四眞人矯如雲中鶴猶若畏四鄰
坐令世俗士自慙汙濁身勿謂今所無蒿少多隱淪

啓母石

神父化黃熊神母化白石嬰兒剖還父涕泣何暇卹
爾來三千歲往事誰復識惟有少姨存相望居二室

過韓許州石淙莊（水中有石曰淙唐天后朝嘗燕羣臣於此石刻尚在）

飛泉來無窮發自嵩嶺背奔馳兩山間偶與亂石會
傾流勢摧毀泥土久崩潰堅姿未消釋巉巖相對

珍倣宋版印

居然受噴潑雷轉諸壑內初喧墮深谷稍放脫重險跳沫濺霏微餘瀾洶澎湃宸游昔事遠絕壁遺刻在人迹久寂寥物理係興廢相君厭紛華築室俯湍瀨灌纓離塵垢洗耳聽天籟將追赤松遊自置青雲外道人亦何者預此事歸計猶恐山未深更種萬株檜

過登封閻氏園

秋暑尚煩襟林泉淨客心菊殘知節過荷盡覺池深疎柳搖山色青苔遍竹陰猶嫌近官道轣轆聽車音

許州留別頓主簿

洛寺相從不出門遶城空復記名園程文堆案晨興早竹簟連床夜語喧歸路逢僧塹容與登山無力强扳援遙知別後都如夢賴有君詩一一存

次韻子瞻登望海樓五絕

山色潮聲四面來城中金碧爛成堆不愁門外嚴扃鎖終日憑欄未擬迴
湖色蒼蒼日向斜煙波萬狀不容誇畫船人去浮紅葉石徑僧歸躡白蛇
樓觀爭高不計層嵯嵯過鴈自相譍錢王舊業依稀在歲久無人話廢興
荷葉初乾稻穗香驚雷急雨送微涼晚晴稍放秋山色洗卻濃粧作淡粧
白酒傾漿膾斫紅晝遊未厭月明中樓高只辨聽歌皷不見遊人轉似蓬

和子瞻監試舉人

登科歲云徂舊學日將落外遭飢寒侵內苦憂患鑠
傳家足墳史遺說本精約羣言久紛蕩開卷每驚矍

居官忝庠序授業止干籥朝廷發新令長短棄前彠緣飾小學家睥睨前王作聲形一分解道義因附託安行厭衢路强挽就縻縛縱橫施口鼻爛漫塗丹堊强辯忽橫流漂蕩終安泊憶惟法初傳欲講面先怍新科勸多士從者盡高爵徘徊始未信銜誘終難卻嗟哉守愚鈍幾不被譏謔獨醒慙餔糟未信恥輕諾敢言折鋒鋩但自保城郭有司顧未知選試謬西洛羣儒誰號令新語競投削雖云心所安恐異時量度詭遇便巧射晚嫁由拙妁誰能力春耕忍飢待秋穫聞兄職在監考較筆仍閣縮手看傍人此意殊未惡

和子瞻煎茶

年來病懶百不堪未廢飲食求芳甘煎茶舊法出西蜀水聲火候猶能諳相傳煎茶只煎水茶性仍存偏

珍倣宋版印

有味君不見閩中茶品天下高傾身事茶不知勞又不見北方俚人茗飲無不有鹽酪椒薑誇滿口我今倦遊思故鄉不學南方與北方銅鐺得火蚯蚓叫匙腳旋轉秋螢光何時茅簷歸去炙背讀文字遣兒折取枯竹女煎湯

次韻子瞻對月見憶并簡崔度

先師客陳未嘗飽弟子于今敢言巧敗牆破屋秋雨多夜視陰精過畢昴甕鹽冷落空盃盤且依道士修還丹丹田發火五臟暖未補漫漫長夜寒我生疲駑戀芻豆崔翁遊邊指北斗唯有王江亦未歸閉門無客邀沽酒宛丘道人王江好飲酒去冬游沅丘遂不歸

和子瞻開湯村運鹽河雨中督役

興事常苦易成事常苦難不督雨中役安知民力殫

年來上功勳智者爭雕鑽山河不自保疏鑿非一端
譏訶西門豹仁智未得完方以勇自許未卹衆口歎
天心閔劬勞雨涕爲汎瀾不知泥滓中更益手足寒
誰謂邑中黔鞭箠亦不寬王事未可回后土何由乾

次韻子瞻雨中督役夜宿水陸寺二首

雲氣連山雨瀉盆莫投僧舍欲關門暫時洒掃寬行
役終夕崎嶇入夢魂煩熱暗消秋簟冷烝濡未解夜
燈昏二年游宦多勞苦何日相從得細論
野寺蕭條厭客喧雨披脩竹亂紛然已因無食聊從
仕深悟勞生不問禪未至莫憂明日事偷閑且就此
宵眠天明歸去芒鞋滑雖有藤輿懶上肩

次韻子瞻將之吳興贈孫莘老

宦遊莫向長城窟冬冰折膠弦亦絕吳中臘月百事

便蟹煮黄金鱸鱠雪京城舊友一分散近憶吳興須滿頰世事反覆如翻飛今日共蘇前盆垂畏人但恐去不遠適意未覺歸來遲借問校讎天祿閣何如江海同遊嬉

和子瞻畫魚歌吳人以長釘加杖頭以杖畫水取魚謂之畫魚

潛魚在淵安可及垂餌投竿易如拾橫江設網雖不仁一瞬未移收百十畫魚何者漫區區終日辛勤手拮据已嫌長網不能遍肯信一竿良有餘鯤鯢駭散蛟龍泣獲少驚多亦何益願從網罟登君庖碎首屠鱗非所惜



珍倣宋版印

# 欒城集卷第五

詩六十六首

次韻子瞻吳中田婦歎

久雨得晴唯恐遲既晴求雨來何時今年舟楫委平地去年簑笠爲裳衣不知天公誰怨怒棄置下土塵與泥丈夫强健四方走婦女齷齪將安歸榻然四壁倚機杼收拾遺粒吹糠粞東鄰十日營一炊西鄰誰使救汝饑海邊唯有鹽不旱賣鹽連坐收嬰兒傳聞四方同此苦不關東海誅孝婦

次韻子瞻遊道場山何山

雨山相負爲峯麓流水重重注溪谷遊人上尋流水源未覺崎嶇病雙足山深下視雲漫漫徑垂石底千屈盤松林陰森白日靜忽驚人世如奔湍客行不避

苦寒出僧定端居不下席人生嗟與草木同置身所
在由初植堂中白佛青髻鬟氣象冲淡非人間坐令
遠客厭奔走徑欲築室依空山木魚根根夜將旦星
斗斂斜掛山半行役有程未可留將出山門復長歎

癸丑二月重到汝陰寄子瞻二首

憶赴錢塘九月秋同來潁尾一扁舟退居尚有三師
在好事須爲十日留傾瀉向人懷抱盡忠誠爲國始
終憂重來東閣皆塵土淚滴春風自不收
百頃西湖十里源近依城郭帶川原古臺駮駁先臨
水野寺參差半掩門遠泛便成終日醉幽尋不盡數
家園錢塘未到能先說更看青山兩岸屯

次韻子瞻二月十日雪

春雪漫天密又稀勾芒失據走靈威故欺貧窶冬裘

珍倣宋版印

盡巧助遨遊酒盞飛林下細花添百草堦前輕素剪
新機老農先解憂桑柘九月家人當授衣

和子瞻題風水洞

風送江湖滿洞天洞門可聽入無緣土囊鬱怒聲初
散石齒聱牙勢未前樂奏洞庭眞跌宕歌傳帝所亦
清便何人隱几觀遺韻重使顏成問嗒然

次韻子瞻新城道中

春深溪路少人行時聽田間耒耜聲飢就野農分餉
黍迎嫌尉卒鬧金鉦閑花開盡香仍在白酒沽來壓
未清此味暫時猶覺勝問兄何日便歸耕

次韻子瞻山村五絕

山行喜遇酒旗斜無限桃花續杏花與世浮沉眞避
世將家漂蕩似無家

塍間白水細無聲日暖泥融草不生似恐田家忘帝
力多差使者出催耕
旋舂紅稻始經鐮新煮黃雞取次甜無慕無營人自
樂莫將西子愧無鹽
升平事業苦怱怱未信浮名到底空何用槖駞朝塞
外試聽碌軸語場中
貧賤終身未要羞山林難處便堪愁近來南海波尤
惡未許乘桴自在遊

次韻子瞻遊富陽普照寺

塵埃日已遠斗藪更無餘寺到逢門入詩成信手書
山深僧自樂路遠客終疎訪盡前朝景宅年一告予

次韻子瞻自普照入山獨遊二菴

披榛入山山路細鐘聲出寺門將閉石苔冉冉上芒

鞋草露漙漙著衣袂野人茅茨苦竹屋終身局促無生計天公未省長困人春田米盡秋田繼老妻稚子亦自樂野草山花還插髻長笑人間醉未醒終老辛勤漫欺世

次韻子瞻與蘇世美同年夜飲

晚歲事遊宦相從未嘗足羡君四海皆兄弟棧中直木不容曲臨安老令況同科相逢豈厭樽中醁潦倒誰憐澗底松歲寒尚有霜前竹聞道渠家八丈夫宅日歸耕免幽獨

次韻子瞻病中遊虎跑泉僧舍二首

掃地開門松檜香僧家長夏亦清涼公庭多事久來厭靜處安眠計甚長脩竹塡窗藤簟綠白蓮當戶石盆方香廚晚飰紅粳熟忽憶烹雞田舍嘗

澗谷新晴草木香野情蕭散自生涼雨添山色翠將溜日轉松陰晚更長病客獨來唯有睡遊僧相見亦宅方還家煩熱都消盡不信醫王與藥嘗

和子瞻東陽水樂亭歌

君不見武安前堂立曲旃官高利厚多憂患又不見夏侯好妓貧無力簾箔爲衣人莫識兩人操行雖不同辛苦經營實如一不如君家激水石中流聽之有聲百無憂笙竽窈眇度溪谷琴筑淒咽穿林丘高人處世心淡泊衆聲過耳皆爲樂退食委蛇石上眠幽音斷續床前作正如古人樂易多歡娛積土爲鼓塊爲桴但能復作太古意君家水樂真有餘

次韻子瞻有美堂夜歸

飲闌鐘虡欲移軒香霧猶殘金博山明月飛來松嶺

外遊人散落馬蹄間城嚴畫鼓初傳角路暗山花自落鬢清境暫時都不見夜深人靜始來還

次韻子瞻祈雨

世故紛紛誰復閑蛟龍不雨獨安眠人間已厭三秋旱澗底猶慳一掬泉廟令酒殽時醉飽田家糠粃久安便憂心未已誰知衄更把爐香試一燃

次韻子瞻再遊徑山

我兄東南遊我亦夢中去徑山聞已熟往意穿雲霧夢經山前溪足冷忽先渡舉頭雲峯合到寺霜日莫香廚饌巖蔌野徑踏藤屨平生共遊處蹇足躡高步崎嶇每生胝眩晃屢回顧何年棄微官攜手衆山路得此詩後夢與兄同遊山中故爲此篇

王仲儀尚書挽詞

謝公德業久彌新幼度英奇也絕倫父子俱賢真不朽功名自致豈相因邊兵屢動思良將廷論蕭條憶諍臣青史世家他日事新阡宿草倍沾巾

次韻范景仁侍郎移竹

雙檜生南戶叢筠種北墻交陰奉君子爲伴老中堂露洗秋堦綠風含夏簟涼栽花知已誤新上一番霜

寄題蒲傳正學士閬中藏書閣

朱欄碧瓦照山隈竹簡牙籤次第開讀破文章隨意得學成富貴逼身來詩書教子真田宅金玉傳家定糞灰更把遺編觀得失君家舊物豈須猜

自陳適齋戲題

庠齋三歲最無功羞愧宣王祿萬鍾猶欲談經誰復信相招執籥便須從陳風清淨眠真足齋俗彊梁懶

不容久爾安閑長自怪此行磨折信天工

送董楊休比部知真州

奏課西南最分符江海衝往來觀惠術蟠錯試餘鋒
文字從堆案尊罍彊解容金山只隔水時復聽晨鐘

送排保甲陳祐甫

我生本西南爲學慕齊魯從事東諸侯結綬濟南府
誰言到官舍旱氣裂后土飢饉費囷倉剽奪驚桴鼓
緬焉禮義邦憂作流亡聚君來正此時王事最勤苦
驅馳黃塵中勸說野田父穰穰百萬家一一連什伍
政令當及期田閭貴安堵歸乘忽言西劬勞共誰語

送韓祇嚴戸曹得替省親成都

宦遊東土暫相依政役頻煩會合稀每恃詳明容老
病不堪羈旅送將歸思親道路寧論遠入蜀山河漸

覺非我有舊廬江水上因君聊復夢魂飛

和孔教授武仲濟南四詠

環波亭

南山迤邐入南塘北渚岧嶤枕北墻過盡綠荷橋斷處忽逢朱檻水中央凫鷺聚散湖光淨魚鼈浮沉瓦影涼清境不知三伏熱病身唯要一藤床

北渚亭

西湖已過百花汀未厭相攜上古城雲放連山瞻嶽麓雪消平野看春耕臨風舉酒千鍾盡步月吹笳十里聲猶恨雨中人不到風雲飄蕩恐神驚

鵲山亭

築臺臨水巧安排萬象軒昂發瘞埋南嶺崩騰來不盡北山斷續意尤佳平時戰伐皆荒草永日登臨慰

珍倣宋版印

病懷更欲留詩題素壁坐中誰與少陵偕

檻泉亭

連山帶郭走平川伏澗潛流發湧泉洶洶秋聲明月夜蓬蓬曉氣欲晴天誰家鵝鴨橫波去日暮牛羊飲道邊滓穢未能妨潔淨孤高每到一依然

踏藕

春湖柳色黃宿藕凍猶僵翻沼龍蛇動撐船牙角長清泉浴泥滓粲齒碎冰霜莫使新梢盡炎風翠蓋涼

和李誠之待制燕別西湖并敘

熙寧六年九月天章閣待制李公自登州來守此邦愛其山川泉石之勝怡然有久留之意此邦之人安公之惠亦欲公之久於此也然自其始至而民知其方將復用懼其不能久矣明年二月詔書

珍倣宋版印

移牧河間邦之父兄皆惜其去雖公亦將留焉而不可得也於是數與其僚燕於湖上曰北方幸安余將復老於此酒酣賦詩以别從而作者三人公平生喜爲詩所至成編及來此邦而未嘗有所爲故尤貴之遂相與刻於石以慰邦人之思焉

東來亦何恃夫子此分符談笑萬事畢樽罍衆客俱高情生遠岫清興發平湖坐使羈遊士能忘歲月徂縱歡真樂易恨别不須臾廟幄新謀帥河間最近胡安邊本餘事清賞信良圖應念茲園好流泉海内無

送李誠之知瀛洲

少年學詩書晚歲探至道豈伊封疆臣乃是廊廟寶苦恨富貴遲聲名得空早憶惟西羌桀始建元戎纛恩威炳朝日號令靡秋草功勳不容究孤高易摧倒

歸來易三邦但養胸中顥寧知北邊將還須用耆老春風吹旌旆先聲遍城堡往事安足懲遺黎待公保

西湖二詠

觀捕魚

西湖不放長竿入羣魚空作淘河食漁人攘臂下前汀蕩漾清波浮兩腋藕梢菱蔓不容網縮作長圍徒手得逡巡小舟十斛重踊躍長魚一夫力柳條穿頰洗黄金鱠縷堆盤雪花積燒薤香橙巧相與白飰青蔬甘莫逆食罷相攜堤上步將散重煎葉家白人生此事最便身金印垂腰定何益

食雞頭

芡葉初生縐如穀南風吹開輪脫轂紫苞青刺攢蝟毛水面放花波底熟森然赤手初莫近誰料明珠藏

滿腹剖開膏液尚糢糊大盎磨聲風雨速清泉活火曾未久滿堂坐客分升掬紛然咀嚼惟恐遲勢若羣雛方脫粟東都每憶會靈沼南國陂塘種尤足東遊塵土未應嫌此物秋來日嘗食

次韻孫推官朴見寄二首

蒙愠未能憂悄悄得閑時復醉昏昏知君亦學無言語豈悟維摩不二門

病懶近來全廢學宦遊唯是苦思鄉粗知會計猶堪仕貪就功名有底忙懷舊暗聽秋鴈過夢歸偏愛曉更長故人知我今何念擬向東山賦首章

送張正彥法曹

憶見君兄弟相攜謁侍郎通經誇早歲落筆盡成章試劇何輕銳當官便激昂三年知力竭大府覺才長

知己未如格歸貲纔滿囊舊書還讀否師說近淒涼（君以三傳及第今廢此科）

送青州簽判俞退翁致仕還湖州

不作清時言事官海邦那復久盤桓早依蓮社塵緣少新就草堂歸計安富貴暫時朝露過江山故國水精寒宦遊從此知多事收取楞伽靜處看

和青州教授頓起九日見寄

歲月飄然風際煙紫萸黃菊又霜天莫思太室杉松外且醉青州歌舞前（昔年與頓君同登嵩頂時正重九）杯酒追歡真一夢天涯回望正三年近來又欲東觀海聽說毛詩雅頌篇（君善講詩）

題徐正權秀才城西溪亭

竹林分徑水通渠真與幽人作隱居溪上路窮惟畫

舫城中客至有畲魚東來只爲林泉好野外從教簿
領踈不識徂徠石夫子兼因女壻覓遺書徐生石介女壻也

和子瞻喜虎兒生

生男如狼猶恐尫寅年生虎慰爺孃汝家家世事文
史門戶豈有空剛强試看猛虎在山谷斧牙鉤爪旗
尾揚徐行當道擇牛羊狐貍驚走熊豬忙我今老病
思退藏生子安得尚激昂不見伯父擅文章逡巡議
論前無當

次韻子瞻病中贈提刑段繹

京東分東西中劃齊魯半兄來本相從路絶人長嘆
前朝使者還手把新詩玩憐我久别離卷帙爲舒散
誰言窮陋邦得此唱酬伴相逢傾蓋間晤語何旦旦
宦遊少娛樂纏縛苦文案能於王事餘時作楚詞亂

珍倣宋版印

臂如近膏油未肯忘濯盥賢豪真勉强功業畏遼緩伊余獨何爲舊籍西南貫竊祿未遑歸自笑嗟已懦方當四海寒戀此一寸炭主勸客欲留逡巡要奪館柰何獨見收軟語强溫煖此意定難酬還予授子粲

次韻子瞻賦雪二首

麥苗出土正纖纖春早寒官令尚嚴雲覆南山初半嶺風乾東海盡成鹽來時瞬息平吞野積久欹危欲敗簷强付酒樽判醉熟更尋詩句鬭新尖

點綴偏工亂鵲鴉淹留亦解惱船車乘春已覺矜餘力騁巧時能作細花僵鴈墮鵰誰得罪敗墻破屋若爲家天公愛物遙憐汝應是門前守夜乂是歲京師雪尤甚鵰鳶凍死如積

次韻韓宗弼太祝送遊太山

羨君官局最優游笑我區區學問因今日登臨成獨
往終年勤苦粗相酬春深綠野初開繡雲解青山半
脫褁回首紅塵讀書處煑茶留客小亭幽

次韻劉敏殿丞送春

春去堂堂不復追空餘草木弄晴暉交遊歸鴈行將
盡蹤跡鳴鳩懶不飛老大未須驚節物醉狂兼得避
危機東風雖有經旬在芳意從今日日非（四月十一日立夏）

次韻趙至節推首夏

首夏尋芳也未遲遶園紅紫尚菲菲無心與物真皆
可有酒逢人勸莫違夢逐楊花無限思身慙啼鳥不
如歸官居寂寞如僧舍海燕憐貧故入扉

次韻李昭敘供備燕别湖亭

池亭雨過一番涼雲髻羅裙客兩旁不覺行人離恨

珍倣宋版印

遠貪看積水照筵光滿堂樽俎歡方劇極目江湖意
自長歸去伊川瀟洒地不須遺念屬清湘

送李昭敘移黎陽都監歸洛省親

與君非舊識傾蓋便相親共事林泉郡忘歸南北人
煑茶流水曲載酒後湖濱未覺遊從厭空驚別恨新
瀕河今重地知己舊元臣洛下聞雞犬家書不浹旬
西還倚門罷北渡羽書頻忠孝傳家事風流待一振

遊太山四首

初入南山

自我來濟南經年未嘗出不知西城外有路通石壁
初行澗谷淺漸遠峯巒積翠屏互舒卷耕耨隨攲側
雲木散山阿逆旅時百室茲人謂川路此意屬行客
久遊自多念忽誤向所歷嘉陵萬壑底棧道百迴屈

崖巘遞崢嶸征夫時出沒行李雖云艱幽邃亦已劇
坐緣斗升米彼此塵土厄何年道褒斜長嘯理輕策

四禪寺

山蹊容車箱深入遂有得古寺依巖根連峯轉相揖
樵蘇草木盡佛事亦蕭瑟居僧麋鹿人對客但羞澁
雙碑立風雨八分存法則云昔義靖師萬里窮西域
華嚴貝多紙歸來手親譯蛻骨儼未移至今存石室
遺文盡法界廣大包萬億變化浩難名丹青畫京邑
粲然共一理眩晃莫能識末法漸衰微徒使真人泣

靈巖寺

青山何重重行盡土囊底巖高日氣薄秀色如新洗
入門塵慮息盥漱得清泚高堂見真人不覺首自稽
祖師古禪伯荊棘昔親啓人跡尚蕭條豺狼夜相觝

白鶴導清泉甘芳勝醇醴聲鳴青龍口光照白室陛
尚可滿畦塍豈惟濯蔬米居僧三百人飲食安四體
一念但清涼四方盡兄弟何言庇華屋食苦當如薺

嶽下

東來亦何求聊欲觀海岱海西尚千里將行勇還退
岱陰卽齊疆南往曾歷塊春深草木長山暖冰雪潰
中巷無居人南畝釋耕耒車徒八方至塵坌百里內
牛馬汗淋漓綺紈聲綷縩喧闐六師合洶湧衆流匯
無復問誰何但自舍眈愛龍鸞畫車服貝玉飾冠佩
驊騮蹴騰騫幡旆飛晻曖腥羶及魚鼈瑣細或蒲菜
遊墮愧無齎技巧窮殊態縱觀騁未已精意殫一酹
出門青山屯遶廊遺迹昧登封尚壇壝古觀寫旗隊
戈矛認毫末舒卷分向背雍容太平業磊落豐碑在

往事半蓬蒿遺氓但悲慨回瞻最高峯遠謝徂徠對
欲將有限力一放目所迨天門四十里預恐雙足廢
三宿遂徘徊歸來欲誰懟前年道轘轅直上嵩嶺背
中休强飲食莫宿時盥頮稍知天宇寬不覺人寰穢
歲時未云久筋骸老難再山林無不容疲苶坐自礙
自知俗緣深畢老守闤闠何當御清風不用車馬載

送王璋長官赴真定孫和甫辟書

昔年旅南服始識王荆州威動千里肅恩寛行客留
從容見少子風采傾凡儔温然吐詞氣已覺清且脩
不見十五年相逢話百憂青衫走塵土白髮各滿頭
新棄東海邑願從北諸侯北鄙事方夥飢饉連戈矛
盟好未可輕念當事懷柔主將今老成勉盡良計籌

寄孫朴

憶昔補官太皥墟泮宮蕭條人事疎日高鼾睡聲嘘嘘往還廢絶門無車君爲尸曹畏餉書放懷疎懶亦似余相逢語笑夜躊躇烹煮梨栗羞殽蔬官居一去眞蘧廬東來失計悔厥初夜聞桴鼓驚閭閻事如牛毛費耘鉏違失眞性從史胥目視紾臂邀徐徐羨君不出心自如北潭秋水多芙蕖青荷包飰蒲爲菹鯈然獨往深淵魚人生如此樂有餘胡爲自投檻中徂

和韓宗弼暴雨次韻

執熱臥北窗淋漓汗流注蛟龍遁水府誰起叩天戸偶然終日風振撼北山霧崩騰轉相軋變化不容睹雷聲運車轂雨點傾豆黍逡巡溜河漢指顧纔笑語破屋少乾床茅苫固難禦出門泥沒足此厄比鄰溥苟令終歲熟敢有今日怒晚照上東軒清風襲虛廡

徵生免荷鉏但喜脫煩暑農父更事多缺塘已增土

舜泉復發

奕奕清波舊遶城旱來泉眼亦塵生連宵暑雨涼初接發地春雷夜有聲復理溝渠通屈曲重開池沼放澄清通衢細灑浮埃淨車馬歸來似晚晴

次韻徐正權謝示閔子廟記及惠紙

西溪秋思日盈牋幕府拘愁學久騫記廟終慚無好句酹墳猶喜有前篇先生作祭閔子文屏除筆硯真良計寫寄交遊畏妄傳吳紙贈君君莫怪耕耘廢罷有閑田

張文裕侍郎挽詞

持節西南二十年華堂遺像已蒼然歸來待從三朝舊老去雍容平地仙落筆縱橫題壁處誦詩清壯舉杯前東遊邂逅迎歸旐淚落城南下馬阡

## 東方書生行

東方書生多愚魯閉門誦書口生土窗中白首抱遺編自信此書傳父祖辟雍新說從上公冊除僕射酬元功太常弟子不知數日夜吟諷如寒蟲四方窺覘不能得一卷百金猶復惜康成穎達棄塵灰老聃瞿曇更出入舊書句句傳先師中途欲棄還自疑東鄰小兒識機會半年外舍無不知乘輕策肥正年少齒疎唇腐真堪笑是非得失付宅年眼前且買先騰踔

## 送韓宗弼

大野將凍河水微慨然臨流送將歸登舟上帆手一揮脫棄朋友如敝衣我來三見芳草腓來時同寮今已非念昔相從未嘗違西湖幽遠人事稀青蓮紫芡傾珠璣白魚掉尾黃鼈肥客醉將起命闔扉方橋月

出風露霏星河下照搖清輝喧呼笑語相嘲譏歲月一逝空長欷交遊去盡將誰依君家漢代平與韋譪然令德傳餘徽鳴鳩著地鴻高飛安得久此同縶鞿

送劉長清敏

汝州太守臥病年亹亹猶復能清言平生雄辯嗟不見風流尚有曹州存歷下東遊少相識歡喜聞君在西邑舊知兄弟無凡儔相逢一笑開顏色三年政令如牛毛思歸南畝皆蓬蒿羨君飲酒動論斗引觥向口收狂潮醉後胸中百無有偃然嘯傲傾朋曹中朝卿士足官府君歸何處狂謌謠劉原甫自長安病歸余始識之

汝尚將歸吳與齊州記室蘇子由辱詩爲送因逐韻謝之云

釋屩從軍蚤濫官已衰能復尚盤桓爾來齒髮羞相

問乞有衡茅覓自安使我襟懷遺內熱誦君詩句襲
人寒知誰便是知音者且作巖溪雪景看
高祖郎中頊蒙　以御史召力辭不允解組
而歸先生作詩以送之　高祖溪堂集中
亦嘗賡和淳熙丁未澂假守筠陽謹刊篇末

欒城集卷第五

# 欒城集卷第六

詩一百首

題張安道樂全堂

天命無不全人事每自傷譬如摩尼珠宛轉有餘光藻飾不能加塵垢豈有亡世人未嘗識姑射手自將我公體自然率性非勉强馳驅四十年不入憂患場晚歲事蒙養斂退就此堂小儒豈知道宿昔窺門牆申屠師無人無足亦自忘如逢鄭執政一笑先生傍

和鮮于子駿益昌官舍八詠

桐軒

桐身青琅玕桐葉蒲葵扇落落出軒墀亭亭奉閑燕夜聲踈雨滴午影微風轉秋颸一凌亂淅瀝驚愁倩朝日失繁陰青苔覆遺片空使坐中人慨然嗟物變

竹軒

幽軒離紛華惟有一叢竹纖梢起餘寒紫筍散輕馥
擢榦春雨餘挺節秋霜足不知歲時改守此娟娟綠
上有吟風蟬空腹未嘗食翦伐非所辭不受塵土辱

柏軒

築室城市間移柏南澗底山林夙所尚封植聊自寄
崎嶇脫巖石擁塞出棼翳上承清露滋下受寒泉惠
秋來采霜葉咀嚼有餘味苦澁未須嫌愈久甘如薺

巽堂

山前三秦道車馬不遑息日出紅塵生不見青山色
峯巒未嘗改往意自奔迫誰言幽堂居近在使者宅
俯聽辨江聲却立睨石壁藤蘿自太古松竹列新植
暑簟臥清風寒樽對佳客試問東行人誰能同此適

## 山齋

平地厭喧囂虛齋上山足蕭條遠城市坡陁富林麓

簡書日塡委杖屨每幽獨豈無山中士高卧白茅屋

逢人默無語長嘯響巖谷此室庶可招夜月相從宿

## 閑燕亭

登山稍已高曠望旻亦遠危亭在山腹物景行自變

諸峯宿霧收草木朝陽絢盎盎雲出山溜溜泉垂坂

徐行得佳處永日遂忘返此樂只自知傍人任嫌懶

## 會景亭

亭高衆山下勝勢不自收岡巒向眼盡風籟與耳謀

鳶飛半嶺息雲起當空遊視身如乘風超然忘百憂

暮歸室中居唯見窗戶幽視聽隨物變怳誰識其由

## 寶峯亭

昔過益昌城莫登君子堂篤言念長道未暇升崇岡今聞寶峯上縹緲陵朝陽三休引蘿蔓一覽窮蒼茫微雲靄雙劍落日明故鄉奔馳迹未安山藪意自長漂摇萬里外手把新詩章宦遊不忘歸何異鳥欲翔塵土汙顏面年華侵鬢霜何時首歸路所至聊徬徨樽俎逢故人亭榭凝清光爲我具斗酒宿恨猶可償

次韻分司南京李誠之待制求酒二首

世上升沉都夢裏春來彊健鬭樽前公田種秫全抛却坐客無氈誰與錢

春深風雨半相和節物令人意緒多中酒何須問賢聖和詩今尚許羊何

送施歷城辯歸常州

高人不受塵土侵三年浙江藏何深久閑物理有相

復歷城官事森成林乘時斂散逐十二鞭撻逋負徒哀矜一杯相屬未嘗得百畝歸去將安能潛逃雖出知者後黽勉尚見仁人心歸期忽告三月尾强留不顧千黃金河豚雖過鱸鱖在粳稻正插風雨淫酒肴勞苦罄隣里期會廹隘思僚朋山川吳越我所愛扁舟佗日要追尋滯留未用便相詫半年歲月行駸駸

施君既去復以事還戲贈

令尹西行去又迴西湖重把舊樽罍吏民再見雞棲乘猶道吾公挽不來

和文與可洋州園亭三十詠

湖橋

湖南堂宇深湖北林亭遠不作過湖橋兩處那相見

橫湖

湖裏種荷花湖邊種楊柳何處渡橋人問是人間否

書軒

綠竹覆清渠塵心日日踈使君遺癖在苦要讀文書

冰池

水深冰亦厚滉蕩鋪寒玉好在水中魚何愁池上鶩

竹塢

空陂放脩竹肅肅復冥冥莫除塢外筍從使入園生

荻浦

離披寒露下蕭索微風觸摧折有餘青從橫未須束

蓼嶼

風高蓮欲衰霜重蓼初發會使此池中秋芳未嘗歇

望雲樓

雲生如涌泉雲散如翻水百變一凭欄悠悠定誰使

珍倣宋版印

天漢臺

臺高天漢近匹練掛林端秋深霜露重誰見落西山

待月臺

夜色何蒼蒼月明久未上不上倚城臺無柰東南嶂

二樂榭

動靜惟所遇仁智亦偶然誰見二物外猶有天地全

灙泉亭

泉來草木滋泉去池塘滿委曲到庭除清泠備晨盥

吏隱亭

隱居亦非難欲少求易遂有意未成歸聊就茅簷試

霜筠亭

林高日氣薄竹色淨如水寂歷斷人聲時有鳴禽起

無言亭

處世欲無言事至或未可唯有此亭空燕坐聊從我

露香亭

重露覆千花繁香凝畦圃不忍日將晞散逐微風去

涵虛亭

虛亭面疎篁窈窕衆景聚更與坐中人行尋望來處

溪光亭

溪亭新雨餘秋色明滉漾鳥渡夕陽中魚行白石上

過溪亭

溪淺復通橋過者猶恨懶賴有沙上鷗常爲獨遊伴

披錦亭

春晚百花齊緜緜巧如織細雨洗還明輕風卷無迹

禊亭

觴流無定處客醉醒還酌毋令仲御歌空使人驚愕

珍倣宋版印

菡萏軒

開花濁水中抱性一何潔朱檻月明時清香爲誰發

荼蘼洞

猗猗翠蔓長藹藹繁香足綺席墮殘英芳樽漬餘馥

篔簹谷

誰言使君貧已用谷量竹盈谷萬萬竿何曾一竿曲

寒蘆港

蘆深可藏人下有扁舟泊正似洞庭風日莫孤帆落

野人廬

野人三四家桑麻足生意試與叩柴荆言辭應有味

此君庵

風梢遶簷匝霜榦當窗淨遙知素壁上醉墨森相映與可墨竹冠絕今世

金橙逕

葉如石楠堅實比霜柑大穿逕得新苞令公憶鱸鱠

南園

官是勸農官種桑亦其所安得陌上人隔葉攀條語

北園

使君美且仁遍地種桃李豈獨放春花行看食秋子

次韻吳興李行中秀才見寄弁求醉眠亭詩

二首

才堪簿領更無餘贏得十年閑讀書寵辱何須身自試窮愁不待酒驅除故人歸去無消息佳句新來屢卷舒前日使君今在此不妨時復置雙魚李公擇自吳興移齊南

右和見寄

是非一醉了無餘唯有胷中萬卷書已把人生比蘧傳更將江浦作階除欲眠賓客從教去倒臥氍毹豈暇舒京洛舊遊眞夢裏秋風無復憶鱸魚

右醉眠亭

和子瞻玉盤盂二首 東武蘇莒公家園中千葉白芍藥子瞻新爲此名

千葉團團一尺餘楊州絕品舊應無賞傳莒國還鍾虡移憶胡僧置鉢盂叢底留連傾鑿落缾中捧擁照浮屠强將絳蠟封紅蔕憔悴無言損玉膚

故相林亭父老知出羣草木尚何疑無多產業殘花藥幾許功名舊鼎彝豐豔不知人世別佳名新換使君詩明年會看花尤好剝盡浮苞養一枝

寄題密州新作快哉亭二首

車騎崩騰送客來奔河斷岸首頻回鑿成戸牖功無
幾放出江湖眼一開景物爲公爭自致登臨約我共
追陪自矜新作超然賦更擬蘭臺誦快哉
檻前濰水去沄沄洲渚蒼茫煙柳匀萬里忽驚非故
國一樽聊復對行人謝安未厭頻攜妓汲黯猶須臥
理民試問沙囊無處所于今信怯定非真
贈馬正卿秀才
男兒生可憐赤手空腹無一錢死喪三世委平地骨
肉不得歸黃泉徒行乞丐買墳墓冠幘破敗衣履穿
矯然未肯妄求取恥以不義藏其先辛勤直使行路
泣六親不信相尤愆問人何罪窮至此人不敢尤其
怨天孝慈未省鬼神惡兄弟寧有木石頑譽人自古
有不遇力行不廢艮謂賢

珍做宋版印

答文與可以六言詩相示因道濟南事作十首

遠遊既爲東魯遷居又愛南山齒髮自知將老心懷且欲偷安

舜井溢流陌上歷山近在城頭羇旅三年忘去故園何日歸休

野步西湖綠縟晴登北渚煙縣蒲蓮自可供腹魚蟹何嘗要錢

飮酒方橋夜月釣魚畫舫秋風冉冉荷香不斷悠悠水面無窮

雨過山光欲溜寒來水氣如烝勝處何須吳越隨方亦有遊朋

揚雄執戟雖久陶令歸田未能眼看雲山無奈神傷簿領相仍

終歲常親鞭朴此生知負詩書欲尋舊學無處時有
故人起予
故人遠在江漢萬里時寄聲音聞道禪心寂寞未廢
詩人苦吟
佳句近參風雅微詞間發離騷竊欲比君庾信莫年
詩賦尤高
相思欲見無路滿秩西歸有時及君鈴閣少事飲我
松醪滿巵

次韻李公擇寄子瞻

青蒲一下復東來擁扇西風滿面埃擊柝自營何擇
地鋪糟同醉未須回孤高振鷺瞻初下淡泊嬰兒及
未孩我亦漂流家萬里年來羞上望鄉臺

次韻李公擇以惠泉答章子厚新茶二首

珍倣宋版印

無錫銅瓶手自持新芽顧渚近相思故人贈答無千里好事安排巧一時蟹眼煎成聲未老兔毛傾看色尤宜槍旗攜到齊西境更試城南金線奇金線泉在齊州城南新詩態度靄春雲肯把篇章妄與人性似好茶常自養交如泉水久彌親睡濃正想羅聲發食飽尤便粥面勻底處翰林長外補明年誰送霅溪春

和李公擇赴歷下道中雜詠十二首

泛清河

南北無多水崎嶇未捨船何時好霖雨是處有通川墳壠看書卷興亡指道邊蒼茫半秋草猶復較愚賢

將至桃園阻淺且風不得進

卷帆倚棹淺河津憶泛長江步步新未免生涯寄風浪不堪舟楫委埃塵往來欲就沙囊堰深淺時看舉

策頻一望雲霓百憂集應思平地隱居人
桃園阻淺將易小舟一夜水大至復乘便
風頃刻百里
此生與物妄相仇欲往長嫌苦見留淺瀨何知向人
惡漲溪豈復爲公流雨痕忽到工催客風信初來轉
打頭舉目汀洲都未改忽添清興滿行舟
下邳黃石公廟
圯下相逢南北人三邀不勸識天眞十年却見穀城
下寂寞同收一夢身
宿遷項羽廟
尺箠西來壠畝中驅馳力盡衆兵衝舊封獨守君臣
義故國長修俎豆容平日軍聲同破竹少年心事喜
摧鋒錦衣眷戀多鄉思肯顧田家社酒濃

呂梁

出沒懸流雖有道，憑陵險地本無心。未能與物都無礙，咫尺清泉亦自深。

梁山泊 次韻

近通沂泗麻鹽熟，遠控江淮粳稻秋。粗免塵泥汙車脚，莫嫌菱蔓繞船頭。謀夫欲就桑田變，客意終便畫舫遊。愁思錦江千萬里，漁蓑空向夢中求。（時議者將乾此泊以種菽麥）

梁山泊見荷花憶吳興五絕 次韻

南國家家漾綵艫，芙蕖遠近日微明。梁山泊裏逢花發，忽憶吳興十里行。

終日舟行花尚多，清香無奈着人何。更須月出波光淨，臥聽漁家蕩槳歌。

行到平湖意自寬繁花仍得就船看回頭卻向吳儂
說從此遠遊心未闌
花開南北一般紅路過江淮萬里通飛蓋靚粧迎客
笑鮮魚白酒醉船中
菰蒲出沒風波際鴈鴨飛鳴霧雨中應爲高人愛吳
越故於齊魯作南風

次韻李公擇九日見約以疾不赴

宅年逢九日杯酒逐英豪漸老經秋病獨醒何處高
床頭添藥裏坐上減牛毛寂寞知誰問煩公置濁醪

喜雪呈李公擇

秋來旱已久雪至亦不薄沉沉夜未眠簌簌聲初落
霏微入疎戶眩晃先朱閣披衣視羣動照屋始驚愕
晨起犯清寒繁陰看溟漠喬林凍相倚隙瓦乾猶爍

孤村掩圭竇深逕沒芒屩平野恣汗漫四山增犖埆
晚色漏斜陽林光粲相錯氛埃一清蕩疫癘解纏縛
寒蔬養春芽宿麥布冬脚官居亦何賴歲事信所託
逋逃幸一飽剽盜止羣惡無事樂自多有酒庶可酌
我行今不久公到時方昨豐穰識天意暇豫可前約
齋廚雖無餘賓客甚易諾行須酒壺倒莫待陰雲剝

次韻范郎中仰之詠雪

倉廩未應空長天霰雪濛瓊瑤布地淨組練出師雄
雲閣諸峯遍花繁百草同農謠麥壠外客興酒杯中
聚散占風力消融驗藥功歷城西北陽起石山其上不留雪遠遊聊
自喜三見歲時豐

次韻李公朝著作見贈二首

遠客徒爲爾江邊有故丘汀洲信廣大鳧鴈任漂浮

好事時攜酒歸心久倦遊還鄉定衰老朋友肯相收

又

稽古終何力扶衰謾有方故人憐困躓佳句贈輝光
未暇抽身去安能插翅翔空存疎懶性高臥笑羲皇

惠穆呂公挽詞二首

全齊開故國清廟饗元功德業真無忝勳名但未充
邊防推信惠社稷倚勤忠不作司徒貴何慙鄭武公

又

風俗非平昔賢豪棄此時新阡長宿草行路拜豐碑
惠術遐方記嘉猷信史知悲涼哭墳客不爲受恩私

次韻蔣夔寒夜見過

都城廣大漫如天旅人騷屑誰與歡北風號怒屋無
瓦夜氣凝冽冰生檠雪聲旋下白玉片燈花暗結丹

砂丸叩門剝啄驚客至吹火倉卒憐君寒明時未省
有遺棄高論自笑終汗漫識君太學嗟歲久至今客
舍猶泥蟠正如憔悴入籠鶴坐見摧落凌風翰明朝
尚肯過吾飲有酒不盡行將酸

次韻王鞏廷評招飲

病憶故鄉同越舄性安田野似裨諶都城歲晚不歸
去客舍夜寒猶獨吟樽酒憐君偏好客詩篇寄我謬
知音會須雪裏相從飲履迹旋平無處尋

雪中會孫洙舍人飲王氏西堂戲成三絕

新歲逼人無一日殘冬飛雪已三迴百分琥珀從君
勸十里瓊瑤走馬來
南國高人真巨源華堂邂逅接清樽十年一見都如
夢莫怪終宵語笑喧

傾盡香醪雪亦晴東齋醉卧已三更佳人不慣生疎
客不盡清歌宛轉聲

雪中呈范景仁侍郎

羈遊亦何樂幸此賢主人東齋暖且深高眠不知晨
開門驚照曜舞雪方繽紛繁雲覆庭廡落勢一何匀
霏霺本無着積疊巧相因萬類忽同色九衢淨無塵
園林開組練觀闕堆瓊珉蟲書散鳥足縞帶翻車輪
遠遊浩千里欲出迷四鄰誰言助春農亦善欺客貧
賴我古君子高談吐陽春方當庇華屋豈憂無束薪

次韻景仁丙辰除夜

數舉除夜酒稍消少年豪浮光寄流水妙理付濁醪
微陽未出土大雪飛鵝毛試問冰霜勁春來能久牢

次韻景仁招宋温之職方小飲

高人兩無事相見輒傾懷時以酒相命何妨心自齋
燈期飛雪亂春候苦寒乖不就頹然醉難堪風且霾

次韻景仁飲宋温之南軒二首

白髮迎新歲皤然國老更感時能細説對酒任徐行
畫軸高分品詩詞妙入評踈狂先醉倒應許恃鄉情

又

飲闌餅已罄話久僕須更高會良難得危言豈易行
歸休便老計得失任臺評猶有青編在宅年不世情

次韻景仁正月十二日訪吳縝寺丞二絶

夜雪滿庭雞失晨瓊田早出不驚塵急須卷凍鋪黄
道欲看燈山萬萬人
濁醪時飲十分杯萬象溟濛曉氣瞪醉倒藍輿夜歸
去金吾寧復識誰哉

柳子玉郎中挽詞二首

晚歲抽身塵土中灊山仍乞古仙宮羞將白髮隨馮叟欲就丹砂繼葛洪龍虎未能留物化芭蕉久已悟身空騷人欲作招魂賦蟬蛻疑非世俗同

新詩錦繡爛成編醉墨龍蛇灑未乾共首卜居空舊約宛丘攜手憶餘歡風流可見身如在鄉國全歸意所安行到都門送君處長河清淚兩汍瀾

贈淨因臻長老

十方老僧十年舊燕坐繩床看奔走遠遊新自濟南來滿身自覺多塵垢煖湯百斛勸我浴驪山亥亥泉傾竇明窗困臥百緣絕此身瑩淨初何有清泉自清身自潔塵垢無生亦無滅振衣却起就華堂老僧相對無言說南山采菌軟未乾西園擷菜寒方茁與君

飽食更何求一杯茗粥傾銅葉

次前韻答景仁

儒林談道亦云舊遠自太史牛馬走區區分別竟何爲擾擾擾秖添心上垢道大如天不可測異出同歸各穿竇浩然一水散千漚卻觀彼我曾無有我丈中心冰玉潔世上浮榮盡灰滅終年行道自不知笑指空門名異說此心未信道不生石上下種何由茁道在起居飲食中安問胡僧分五葉

遊城西集慶園

送客城西客已遠歸路北池接南苑冰澌片斷水光浮柳線和柔風力輭繚牆朱戸誰家園流水平畦春日淺禁河分溜一池足洛圃移花百金賤飛甍斤斧聲未絶翠柏栽培影初遍傍人笑指高臺處前年適

見荒榛滿金錢力奪天地功歲月未多風物換人生富貴無不成都門坐置山林觀暖風遲日時一到早出莫歸應未晚主人最貴稀出城長使憧憧路人看

遊景仁東園

新春甫驚蟄草木猶未知高人靜無事頗怪春來遲肩輿出東郊輕裘試朝曦百草抱生意喬松解寒姿尺書招友生冠蓋溢通逵人生瞬息間幸此休暇時濁酒瀹浮蟻嘉蔬薦柔荑春來莫嫌早春去恐莫追公卿多王事田野遂我私松筠自擁蔽里巷得遊嬉隣家並侯伯朱門掩芳菲畦花被錦繡庭檜森旌旗華堂絢金碧疊觀凝煙霏髣髴象宮禁蕭條遠喧卑徐行日一至何異己有之都城閉門早衆客紛將歸垂楊返照下歸騎紅塵飛但卜永日歡未與清夜期

珍倣宋版印

人散衆囂絶庭空星斗垂安眠萬物外高世㝠在兹

欒城集卷第六

# 欒城集卷第七

詩五十六首

次韻子瞻送范景仁遊嵩洛

尋山非事役行路不應難洛浦花初滿嵩高雪尚寒
平林抽凍筍奇豔變山丹節物朝朝好肩輿步步安
酴醿釀臘酒苜蓿薦朝盤得意忘春晚逢人語夜闌
歸休三黜柳賦詠五噫鸞鶴老身仍健鴻飛世共看
雲移忽千里世路脫重灘西望應思蜀東還定過韓
平川涉清潁絕頂上封壇出處看公意令人欲棄官

送蔣夔赴代州教授

憶遊太學十年初猶見胡公豈弟餘遍閱諸生非有
道最憐能賦似相如青衫共笑方持板白髮相看各
滿梳暫免百憂趨長吏勉調三寸事新書

次韻宿州教授劉涇見贈

此身雖復類潛夫衰老無心强著書道路不知奔走賤交遊空怪往還踈弦歌更就三年學簿領唯添一味愚宅日相逢定何處莫將文采笑空踈

徐州送江少卿

夜雨泗河深曉日輕舟發帆開送客遠城轉高臺沒居人永瞻望歸意何倉卒公來初無事豐歲多牟麥鈴閣度清風芳罇對佳客登臨未云厭談笑方自適朝廷念黧老府寺虛清劇何以寄風流江山遶官宅

次韻子瞻寄眉守黎希聲

眼看狂瀾倒百川孤根漂蕩水無邊思家松菊荒三逕回首謳歌沸二天簿領沉迷催我老春秋廢格累公賢隣居屈指今誰在一念傷心十五年轍昔侍先人於京師

與希聲隣居太學前是時公之士兄與二士姊皆在今十五年而在者唯公與僕二人言之流涕

和李邦直學士沂山祈雨有應

宿雪雖盈尺不救春夏旱吁嗟遍野天不聞歌舞通宵龍一戰旋開雲霧布旌旗復遣雷霆助舒卷雨聲一夜洗塵埃流入溝河朝不見但見青青黍與禾不老農起舞行人歌汙邪滿車尚可許供輸到骨期無宅水行天地有常數歲歲出入均無頗半年分已厭枯槁及秋更恐憂滂沱誰能且共蛟龍語時布甘澤無庸多

陪子瞻遊百步洪

城東泗水平如席城頭遠山涵落日輕舟鳴櫓自生風渺渺江湖動顏色中洲過盡石縱橫南去清波頭盡白岸邊怪石如牛馬銜尾舳艫誰敢下沒人出沒

須臾閑卻立沙頭手足乾客舟一葉久未上吳牛回首㫐閑關風波蕩潏未可觸歸來何事嘗艱難樓中吹角莫煙起出城騎火催君還

李邦直見邀終日對臥南城亭上二首

一徑披陁草木間孤亭勝絶俯川原青天圖畫四山合白晝雷霆百步喧煙柳蕭條漁市遠汀洲蒼莽白鷗翻客舟何事來忽草逆上波濤吐復吞

東來無事得遨遊奉使清閑亦自由撥棄簿書成一飽留連語笑失千憂舊書半卷都如夢清簟横眠似欲秋聞說歸朝今不久塵埃還有此亭不

次韻邦直見答二首

真能一醉逃煩暑定勝三杯禦臘寒自有詩書供永日莫將絲竹亂風灘舞雩何處歸春莫叩角誰人怨

珍倣宋版印

夜漫聞道丹砂近有術錙銖稱火共君看
五斗塵勞尚足留閉門聊欲治幽憂羞爲毛遂囊中頴未許朱雲地下遊無事會須成好飲思歸時亦賦登樓羨君幕府如僧舍日向城隅看浴鷗

再次前韻四首

城頭棟宇恰三間楚望淒涼弔屈原雨洗山川百里淨風吹語笑一城喧鄉書莫問經時絶歲事初驚片葉翻南近清淮鱸鱖好釣筒時問有潛吞

謬將疎野託交遊平日論心亦有由科第聯翩叨舊契利名疎闊少新憂清談已覺忘朱夏濁酒先防虐素秋多病無聊唯有睡頻頻詩句未嫌不

野鶴應疑鳧鴈苦夏蟲未慣雪霜寒隱居顏氏終安巷垂釣嚴生自有灘破宅不歸塵可掃下田初種水

應漫退耕尙作悠悠語拙宦猶須步步看

欲作彭城數月留溪山勸我暫忘憂城頭準擬中秋望臺上遷延九日遊嵐氣雨餘侵近郭江聲風送隱危樓汀洲聚散知誰怪且學漂浮水上鷗

雨中陪子瞻同顏復長官送梁燾學士舟行

歸汝上

客從南方來信宿北方去手棹木蘭舟不顧長江雨江昏氣陰黑雨落無朝暮蕭蕭赴波濤濛濛暗洲渚微涼入窗闥斜吹濕蕉苧漂灑正紛紜談笑方容與不知江路長但覺青山鶩客去浩難追落日平西浦東遊本無事愛此山河古周旋樽俎歡邂逅英豪聚玆遊有遺趣此樂恐宜屢賤仕迫程期還延防譴怒秋風日已至輕舸行當具陰森古城曲蒼莽交流處

縣知別時念將行重回顧非緣一寸祿應作三年住

同子瞻泛汴泗得漁酒二詠

江湖性終在平地難久居淥水雨新漲扁舟意自如

河身縈疋素洪口轉千車願言棄城市長竿夜獨漁

又

懶思久廢詩病腸不堪酒強顏水石間濫蹟賓主後

不知白浪翻但怪青山走莫隨使車塵豈畏嚴城斗

明日復賦

放舟城西南却向東南泊朝來雨新霽白水浸城脚

古汴多流荳清泗亦浮沫平吞百澗暴滅盡三洪惡

遊人不勝喜水族知當樂舟行野鳧亂網盡脩鱗躍

香醪溜白蟻鱠縷填花蕚人生適意少一醉皆應諾

同遊非偶然後會未前約腐書尚見寬行日爲公却

贈吳子野道人

食無酒肉腹亦飽室無妻妾身自好世間深重未肯回達士清虛輒先了眼看鴻鵠薄雲漢長笑鶩點安棧皁腹中夜氣何郁郁海底朝陽常杲杲一塵不顧舊山深萬里來看故人老空車獨載王陽橐遠遊屢食安期棗東州相逢真邂逅南國思歸又驚矯道成若見王方平背癢莫念麻姑爪

李邦直出巡青州余不久將赴南都比歸不及見矣作詩贈別

東道初來託故人南樓頻上泗河濱江山尚有留人意樽俎寧當厭客貧顧我及秋行不久問君觸熱去何因西歸涼冷霜風後濁酒清詩誰與親

司馬君實端明獨樂園

子嗟邱中親蓺麻邵平東陵親種瓜公今歸去事農圃亦種洛陽千本花脩篁遶屋韻寒玉平泉入畦紆臥虵錦屏奇種斸巖竇蒿高靈藥移萌芽城中三月花事起肩輿遍入公侯家淺紅深紫相媚好重樓多葉爭矜誇一枝盈尺不論價十千斗酒那容賒歸來曳履苔逕滑醉倒閉門春日斜車輪班班走金轂印緌若若趨朝衙世人不顧病楊綰弟子獨有窮侯芭終年著書未曾厭一身獨樂誰復加宦遊嗟我久塵土流轉海角如浮槎歸心每欲自投劾孺子漸長能扶車過門有意奉談笑幅巾懷刺無袍韡

送顏復赴闕

簞瓢未改安貧性皃繹猶傳直道餘不見失官愁慼慼但聞高臥起徐徐居中舊厭軍容講補外仍遭城

旦書此去將身置何許秋風未免憶鱸魚

王詵都尉寶繪堂詞

侯家玉食繡羅裳彈絲吹竹喧洞房哀歌妙舞奉清觴白日一醉萬事忘百年將種存慨慷西取庸蜀踐戎羌戰袍賜錦盤鵰章寶刀玉玦餘風霜天孫渡河夜未央功臣子孫白且長朱門甲第臨康莊生長介胄羞膏粱四方賓客坐華堂何用爲樂非笙簧錦囊犀軸堆象牀竿叉連幅翻雲光手披橫素風飛揚長林巨石插雕梁清江白浪吹粉牆異花沒骨朝露香徐熙畫花落筆縱橫其子嗣變格以五色染就不見筆迹謂之沒骨蜀趙昌蓋用此法耳摯禽猛獸舌齶張騰踏騕褭聯驌驦噴振風雨馳平岡前數顧陸後吳王老成雖喪存典常坐客不識視茫洋騏驎飛煙郁芬芳卷舒終日未用忙遊意淡泊心清涼

屬目俊麗神激昂君不見伯孫孟孫俱猖狂于時與事神弗臧

逍遥堂會宿二首并引

轍幼從子瞻讀書未嘗一日相舍既壯將遊宦四方讀韋蘇州詩至安知風雨夜復此對床眠惻然感之乃相約早退爲閑居之樂故子瞻始爲鳳翔幕府留詩爲别曰夜雨何時聽蕭瑟其後子瞻通守餘杭復移守膠西而轍滯留於淮陽濟南不見者七年熙寧十年二月始復會於澶濮之間相從來徐留百餘日時宿於逍遥堂追感前約爲二小詩記之

逍遥堂後千尋木長送中宵風雨聲誤喜對床尋舊約不知漂泊在彭城

秋來東閣涼如水客去山公醉似泥困臥北窗呼不
起風吹松竹雨淒淒

過張天驥山人郊居

南山莫將歸下訪張夫子黍稷滿秋風蓬麻翳隣里
君年三十八三十有歸意躬耕奉慈親未覺鉏耰鄙
讀書北窗竹釀酒南園水松菊半成陰日有幽居喜
客來時借問問子何年起新求西溪石更築茆堂址
但令三歲熟此計行亦遂堂成不出門清名滿朝市

魏佛狸歌

魏佛狸飲泗水黄金甲身鐵馬箠睥睨山川俯畫地
畫作西方佛名字卷舒三軍如使指奔馳萬夫鑿山
觜雲中孤月妙無比青蓮湛然俛下視擊鉦卷旆抽
行營北徐府中軍吏喜度僧築室依雲煙俯窺城郭

珍倣宋版印

衆山底興亡一瞬五百年細草荒榛沒孤壘

雜興二首

陋巷丈夫病且貧懸鶉百結聊庇身蠕蠕大蝨長孫子敢繒繳絮開陽春故襦寬博裹肩脞出沒逡巡初莫畏一朝換酒入隣家顧視腰間猶犢鼻入縫循腰還自足肌膚轉近尤爲福咋皮吮血無已時應待渠家具湯沐

朱輪華蓋事遠遊廐無良馬乘疲牛青絲玉勒金絡頭任重道遠旁人憂奔馳往來歷山邱騰阬投淖摧輮軜已壓復起行未休青芻黃粱爲君羞長路漫漫經九州埸有白駒胡不收飢食玉山飮河流朝秣幽冀莫炎阪奔雲掣電不少留僕夫顧之心懷愁王良不生誰與謀哀哉駿骨千金酬

贈致仕王景純寺丞

灊山隱君七十四紺瞳綠髮初謝事腹中靈液變丹砂江上幽居連福地彭城爲我住三日明月滿船同一醉丹書細字口傳訣顧我沉迷眞棄耳年來四十髮蒼蒼始欲求方救憔悴宅年若訪灊山居愼勿逃人改名字

初發彭城有感寄子瞻

秋晴卷流潦古汴日向乾扁舟久不解畏此行路難此行亦不遠世故方如山我持一寸刃嶢絕何由刊念昔各年少松筠閟南軒閉門書史叢開口治亂根文章風雲起胸膽渤澥寬不知身安危俛仰道所存橫流一傾潰萬類爭崩奔孔融漢儒者本自輕曹瞞誓將貧賤身一悟世俗昏豈意十年內日夜增濤瀾

生民竟顛頓遊宦豈復安水深火益熱人知蹈憂患
甄豐且自叛劉歆苟盤桓而況我與兄飽食顧依然
上顧天地仁止此禍亂源歲月一徂逝尚能反邱園

## 次韻子瞻見寄

袞袞河渭濁皎皎江漢清源流既自異美惡終未明
嗟我頑鈍質乃與公並生出處每自託謳吟輒嘗賡
譬如病足馬共此千里程勝負坐已決豈待終一枰
憶公年少時濯濯吐新萌堅姿映松柏直節凌榛荊
學成志益厲秋霜落春榮澹然養浩氣脫屣遺齊卿
百鍊竟不變三年終未鳴區區兩郡守籍籍四海聲
年來效瘖默世事慵譏評不見室家好怳如揖重城
別離長塵垢歲月何崢嶸彭門偶會合白髮互相驚
受教恐不足吐論那復爭疾雷發聾聵清月照昏盲

篤愛未忍棄浪云舊齋名更請問郭許題品要當精

子瞻杭州見寄詩云先生別駕舊齋名

將至南京寄王鞏

河牽一線流不斷雨散千絲卷卻來煙際橫橋村十里船中倦客酒三盃老年轉覺脾嫌濕世路早令心似灰賴有故人憐寂寞繫舟待我久徘徊

次韻王鞏見贈

南都逢故人共此一樽淥初來柳吹絮再見風脫木我老歡意微頭垂腰背曲羨子方少年健馬走平陸狂歌手自拊醉倒頭相觸人生比一瞬世網張萬目但取食場雞豈掛雲飛鵠彭城久相遲官舍虛東屋重陽試新釀謂子當不速胡爲聽婦言婉孌自相逐我舟得愁霖牽挽脫坑谷風霜作初寒病體欲生粟

珍倣宋版印

解子腰下龜換酒不須贖照碧凝清光相將飲萸菊

送交代劉莘老

建元一二間多士四方至翩翩下鴻鵠一一抱經緯功名更唯諾爵祿相饋遺縱横聖賢業磊落君臣意慷慨魯諸生雍容古君子扶搖雲漢上睥睨千萬里入臺霜凜然不肯下詞氣失足青冥中投命江湖裏區區留都客矯矯當世士空使往來人歎息更相指我生本羈孤無食强爲吏褰裳避塗泥十載守顚頷逝將老茅屋何幸繼前軌念君今尚然顧我眞當爾百年同一夢窮達浪憂喜有酒慰離愁貧賤非君恥

次韻王鞏九日同送劉莘老

頭上黄花記别時樽中淥酒慰清悲畫船牽挽故不發紅粉留連未遽離小雨無端添别淚遥山有意助

顰眉十分酒盞從教勸堆案文書自此辭

次韻王鞏欲往徐州見子瞻以事不成行

河水南來遶郡城銀刀空復衒衙兵交情舊許雞爲具客信那知鵲妄鳴爲婦遲留應未怪還家倉卒定何營不關秦女箏聲怨自趁招賢浚上旌

宣徽使張安道生日

從公淮陽今幾年憶持壽斝當公前祝公齒髮老復少歲歲不改冰霜顏掃除四海一清淨整頓萬物俱安全今年見公商丘側奉祠太一真仙官身安氣定色如玉脫遺世俗心浩然幽居屢過赤松子長夜親種丹砂田此中自有不變地歲閱生日如等閑門前賀客任填委世上多故須陶甄秋風坐見蒲柳盡歲晏惟有松柏堅斯人未安公未用使公難老應由天

章氏郡君挽詞 子厚母

馮唐垂老郎潛後李白風流罷直餘解組同歸榮故國剖符仍得奉安輿家聲未替三公舊葬客應傾數郡車德映閨門人莫見埋文子細列幽墟

聞王鞏還京會客劇飲戲贈

聞君歸去便招呼笑語不知清夜徂結束佳人試銀甲留連狂客惱金吾燭花零落玉山倒詩筆攲斜翠袖扶暫醉何年依錦瑟東齋還復臥氍毹

次韻王鞏遊北禪

蕭蕭黃葉下城頭頓作野田風日秋粗有樽罍隨處好暫無敲扑便能幽人稀野鳥應同樂水涸遊魚似欲愁客去知君歡未已遶城攜手更遲留

次韻王鞏懷劉莘老

兩都來往太頻頻真是人間自在人十載讀書同白屋千金爲客買朱唇結交京邑傾心肺寓思禪宗離垢塵爲問西歸天祿客何時同看洛川神

飲餞王鞏

送君不辦沽斗酒撥醅浮蟻知君有問君取酒持勸君未知客主定何人府中杯棬强我富案上苜蓿知吾真空廚赤脚不敢出大堤花豔聊相親愛君年少心樂易到處逢人便成醉醉書大軸作歌詩頃刻揮毫千萬字老夫識君年最深年來多病苦侵凌賦詩飲酒皆非敵危坐看君浮大白

送王鞏兼簡都尉王詵

可憐杜老貧無食杖藜曉入春泥濕諸家厭客頻惱人往往閉門不得入我今貧與此老同交遊冷落誰

珍倣宋版印

相容幸君在此足遊衍終日騎馬西復東送君仍令
君置酒如此貧交世安有君歸速語王武子因君回
船置十斗

呂希道少卿松局圖

溪回山石間蒼松立四五水深不可涉上有橫橋渡
溪外無居人磐石平可住縱橫遠山出隱見雲日莫
下有四老人對局不回顧石泉雜松風入耳如暴雨
不聞人世諠自得山中趣何人昔相遇圖畫入紈素
塵埃依古壁永日奉樽俎隱居畏人知好事竟相誤
我來再三嘆空有飛鴻慕逝將從之遊不惜爛樵斧

寄孔武仲

濟南舊遊中好學惟君耳君居面南麓洶湧岡巒起
我來輒解帶簷下炙背睡煎茶食梨栗看君誦書史

君歸苦倉卒窗戶日摧毀還居就清曠改築當前址開畦得遺植遶壁見題字雲山顧依然簿領輒隨至思君猶未忘滿秩行自棄爾來鉅野溢流潦壓城壘池塘漫不知亭榭日傾弛官吏困堤障麻鞋汙泥滓別來能幾何陵谷既遷徙它日重相逢衰顏應不記

孔君亮郎中新葺闕里西園棄官而歸

宦情牢落苦思歸君側無人留子思手種松筠須灌漑親修寢廟憶烝祠定應此去添桃李還似舊塋無棘茨他日東遊訪遺烈因公導我謁先師

寄濟南守李公擇

岱陰皆平田濟南附山麓山窮水泉見發越遍溪谷分流遶塗巷暖氣烝草木下田滿粳稻秋成比禾菽池塘浸餘潤菱芡亦云足辭家四千里恃此慰窮獨

公從吳興來苕雲猶在目應恐齊魯閒長被塵土辱不知西垣下滉漾千畝淥仰見鷗鷺翻俯視龜魚浴初來厭桴鼓稍久捐鞭扑清詩調嘉賓夜話繼華燭飛花暮雪深浮蟻糟床熟相對各忘歸西來自嫌速人生每多故樂事難再卜鉅野一汗漫河濟相騰蹙流沙翳桑土蛟蜃處人屋農畝分沉埋城門遭板築傷心念漂蕩引手救顛覆勞苦空自知吁嗟欲誰告遙知舊遊處落落空遺躅平生讀書史物理粗能矚歸耕久不遂終作羝羊觸賦詩心自驚請公再三讀

雪中會飲李倅鈞東軒三絕

衆客喧譁發酒狂逡巡密雪自飛揚莫嫌作賦無枚叟且喜延賓有孝王

雪花如掌墮堦除劇飲時看臥酒壺半夜瓊瑤深沒

膝欲歸迷路肯留無
竹裏茅庵雪覆簷爐香藹藹著蒲簾欲求初祖安心
法笑我醺然已半酣
張恕寺丞益齋
人生不讀書空洞一無有羨君常齋居散帙滿前後
開編試尋繹閱歲行自富從横畫圖中次第宫商奏
汪洋畜江河眇莽包林藪興亡數千歲絡繹皆在口
顧念今所知頗覺前日陋我家亦多書早歲嘗竊叩
晨耕掛牛角夜燭借鄰牖經年謝賓客飢坐失昏晝
堆胸稍蟠屈落筆逢左右樂如聽鈞天醉劇飲醇酎
自從厭蓬蓽誤逐功名誘初心一漂蕩舊學皆榛莠
失足難遽回撫卷長自詬幸君無事年謂可終身守
春耕不厭深秋穫當自受金玉或爲災詩書豈相負

除夜會飲南湖懷王鞏

歲晚城東故相家夜聽簾外落瓊花醉眠東閣銀釭暗起視中庭風竹斜魯酒近來無柰薄秦箏別後苦聞誇思君勸對空陂飲歸去紛如日莫鵶

次韻張恕戲王鞏去歲此日大雪僕醉定國東齋

二君豪俊並侯家歌舞爭妍不受誇聞道肌膚如素練更堪鬒髮似飛鵶

送轉運判官李公恕還朝

我行未厭山東遠昔遊歷下今梁宛官如雞肋浿奔馳政似牛毛常黽勉幸公四年持使節按行千里長相見鷹鸇掣秋田伏兎驚驥馳平野疲牛勸似憐多病與時違未怪兩州從事懶除書奪去一何速歸袖翩然不容挽黃河東注竭崑崙鉅野橫流入州縣民事

蕭條委濁流扁舟出入隨奔電回首應懷微禹憂歸
朝且喜寧親便公知齊楚卽爲魚勸築宣防不宜緩

欒城集卷第七

# 欒城集卷第八

## 詩六十八首

### 寄范文景仁

京城冠蓋如雲屯日中奔走爭市門敝裘瘦馬不知路獨向城西尋隱君隱君白髮養浩氣高論驚世門無賓欣然爲我解東閣明窗淨几舒華茵春天雪花大如手九衢斷絕愁四隣平明熟睡呼不覺清詩淥酒時相親我兄東來自東武走馬出見黃河濱及門却遣不得入回顧欲去行無人東園桃李正欲發開門借與停車輪青天露坐列觴豆落花飛絮飄衣巾留連四月聽鶗鴂扁舟一去浮奔渾人生聚散未可料世路險惡終勞神交遊畏避恐坐累言詞欲吐聊復吞安得如公百無忌百間廣廈安貧身

次韻王鞏上元見寄三首

棄擲良宵君謂何清天流月鑑初磨莫辭病眼羞紅燭且試春衫翦薄羅蓮豔參差明繡戶舞腰輕瘦颭驚鼉少年微服天街闊何處相逢解佩珂

繁燈厭倦作閑遊行到僧居院院留月影隨人深有意車音爭陌去如流酒消鑿落寧論斗魚照琉璃定幾頭過眼繁華真一夢終宵寂寞未應愁

燈火熏天處處同暗遊應避柏臺驄高情自放喧闐外勝事偏多淡泊中平日交遊徒夢想留都歌吹憶年豐知君未有南來意歸去相從光與鴻

謝張安道惠馬

從事年來鬢似蓬破車倦僕衆人中作詩僅比窮張籍得馬還從老晉公夜起趨朝非所事曉騎行樂定

珍倣宋版印

誰同慣乘款段遊田里怯聽騃騃兩耳風張水部集有謝裴晉公惠馬詩

次韻子瞻贈梁交左藏

彭城欲往臺無檄初喜東西合爲一將軍走馬隨春風精銳千人森尺籍口占佳句驚衆坐手練强兵試鳴鏑酒酣起舞花滿地醉倒不聽人扶出歸來相對如夢寐虎踞熊經苦岑寂黃樓方就可同遊飲盡官廚三百石

寒食遊南湖三首

春睡午方覺隔墻聞樂聲肩輿試扶病畫舫聽徐行適性逢樽酒開懷挹友生遊人定相笑白髮近從橫

遶郭春水滿破堤新柳黃官池無禁約野艇得飛揚浪泛歌聲遠花浮酒氣香晚風歸棹急細雨濕紅糚

攜手臨池路時逢賣酒壚柳斜低繫纜草綠薦傾壺
波蕩春心起風吹酒力無冠裳强包裹半醉遣誰扶

觀大閱

承平郡國減兵屯唯有留都一萬人票姚將軍思出
塞從横幕府諱和親旌旗不動風將轉部曲無聲馬
亦馴八陣且留遺法在未須親試華車塵

送林子中安厚卿二學士奉使高麗二首

東夷從古慕中華萬里梯航今一家夜静雙星先渡
海風高八月自還槎魚龍定亦知忠信象譯何勞較
齒牙屈指歸來應自笑手持玉帛賜天涯
官是蓬萊海上仙此行聊復看桑田鯤移鵬徙秋帆
健潮闊天低曉日鮮平地誰言無嶮岨仁人何處不
安全但將美酒盈船去多作新詩異域傳

送趙屼秘書還錢塘

世人何局促奔走鬢蒼蒼聞道餘杭守獨遊何有鄉

禪心朝吐月元氣夜生光清靜安罷療寬仁服暴强

聲名高一世風采見諸郎謁帝朱爲紱還家綵作裳

經過留晝舫談笑接清觴問訊顏依舊崢嶸歲自長

人生眞幾許世味不堪嘗歸去聞詩罷求余却老方

馬上見賣芍藥戲贈張厚之二絶

春風欲盡無尋處盡向南園芍藥中過盡此花眞盡

也此生應與此花同

春來便有南園約過盡春風約尚賒綠葉成陰花結

子便須攜客到君家

答見和二絶

花柳蕭條行已老聖賢希闊未嘗中眼看芍藥紛紛

盡賴有櫻桃顆顆同
塵編何用朝朝看新釀還須處處賒好事若能頻載
酒不妨時復到楊家

送呂希道少卿知滁州

長恠名卿亦坐曹忽乘五馬列旌旄才多莫厭官無
事郡小不妨名自高庶子定應牽賦詠醉翁聊復繼
遊遨試尋苦戰清流下要識經綸帝業勞

次韻張恕春莫

秖言城市無佳處亦有南湖幾度遊好雨晴時三月
盡啼鶯到後百花休老猿好飲常連臂野馬依人自
絡頭不肯低回池上醉試看生滅水中漚

次韻傅宏推官義方亭

居近古城心自幽簞瓢足用更何求鷺飛旋趂春風

出龍臥終聞莫雨搜科第聯翩收甲乙鄉閭驚怪問因由隱君淡泊無人識長夏一衫冬一裘

送梁交之徐州

湖水清且深新荷半猶卷未見紅粧窈窕娘先排翠羽參差扇水面風生人未知攲傾俯仰長先見岸上遊人莫不歸清香入袖涼吹面投壺擊鞠綠楊陰共盡清樽飡白飯坐中飛將忽先起輕衫出試彭門遠百步洪西白浪翻戲馬臺南雲岫滿江山雄麗信宜人風流孰似梁王苑

次韻王鞏見寄三首

日永官閑自在慵門前客到未曾通憐君避世都門裏勸我忘憂酒盞中城下柳陰新過雨湖邊荷葉自翻風早須命駕追清賞大字新詩事事工

觸事如棋一一低昏然一睡更何知賈生流落南遷後陶令衰遲歸去時去住由人真水母簞瓢粗足亦山雌年來未省談堯舜一吷麄疎豈足吹

池上輕冰暖欲開迎春送臘仰銜杯君家有酒能無事客醉連宵遣不迴詩就滴消盤上蠟信來飄盡嶺頭梅商丘冷坐君知否缾罄應須有恥罍

次韻李逵見贈

大學羣遊經最明青衫顛頟竟何成虀鹽仍作當年味名譽飛蠅過耳聲

次韻秦觀秀才攜李公擇書相訪

濟南三歲吾何求史君後到消人憂君言有客輕公侯扁舟相從古揚州致之四馬恨無力千里相望同異域誦詩空使四坐驚隱居未易凡人測史君南歸

珍倣宋版印

無限情鴻飛攜書墮我庭此書兼置昔年客袖中秀句淮山青老夫强顏依府縣堆案文書本非願清談亹亹解人頤安得坐右長相見狂客吾非賀季真醉吟君似謫仙人末契長遭少年笑白髮應慙傾蓋新都城酒貴誰當換塵埃汙面非良算歸來泗上苦思君莫待黃花秋爛漫秦君與家兄子瞻約秋後再遊彭城

送龔鼎臣諫議移守青州二首

稷下諸公今幾人三爲祭酒髮如銀梁王宮殿歸留鑰尚父山河屬老臣沂水弦歌重曾點菑川故舊識平津過家定有金錢費千里爭看衣錦身

面山負海古諸侯信美東方第一州勝勢未容秦地嶮奇花僅比雒城優新絲出盎冬裘具貢棗登場歲事休鈴閣虛閑官釀熟應容將佐得遨遊

送余京同年兄通判嵐州

矯矯吳越士遠爲弅代行寒暄雖云異慷慨慰平生我昔在濟南君時事淄青連年食羊炙便欲忘蓴羹問君棄鄉國何似敝屣輕丈夫事所志歸去無田耕閑官少愧恥教子終餘齡定心養浩氣閉目收元精此志我亦然偶與長者弅會合不可期未易夸者評

河上莫歸過南湖二絶

西來白水滿南池走馬池邊日落時橋底荷花無限思清香乞與路人知

淤田水淺客來遲解舫都門問幾時誰道兩京雞犬接差除屈指未曾知

送提刑孫頎少卿移湖北轉運

持節憂邦刑職業已自饒下車攝留都談笑事亦辦

開軒揖佳客退食事書卷爲政曾幾何清風自無限
官居歲月迫歸念湖湘遠依依東軒竹凜凜故人面
詔書遂公私使節許新換舊治行當經家山企可見
宦遊得鄉國勞苦顧猶願歸施正滂洋行軥豈容緩

次韻劉涇見寄

天之蒼蒼亦何有亦有雲漢爲之章人生混沌一氣
耳嘿嘿何用知肺腸孔公孟子巧言語剖瓢揷竹吹
笙簧含宮吐角千萬變坐令隱伏皆形相我生稟賦
本微薄氤氳方寸不自藏譬如蘭根在黃土春風驅
迫生繁香口占手寫豈得已此亦未免物所將方將
寂寞自收斂不受世俗斗尺量既知仍作未能止紛
紜竟亦類彼莊煎烹心脾擢胃腎自令鬒髮驚秋霜
嗟子獨未知此病從橫自恃觜爪剛少年一見非俗

物鏘然脩竹鳴孤凰近來直欲扛九鼎令我畏見筆力強提攜童子從冠者揣摩五帝論三皇詩書近日貴新說掃除舊學漫無光竊攘瞿曇剽李耳牽挽性命推陰陽狂流滾滾去不返長夜漫漫未遽央詞鋒俊發魯連子慚愧田巴稱老蒼是非得失子自了一醉早醒余所望

城南訪張恕

事似夢絲撥不開秋隨脫葉暗相催城南綠野宜幽步水北紅塵漫作堆赤棗青瓜報豐熟黃雞白酒勸徘徊此中真有醇風在一畝何年斸草萊

同李倅鈞訪趙嗣恭留飲南園晚衙先歸

城南高樓出喬木下有方塘秋水足新霜未變草木鮮晚日旋催梨棗熟雨荒松菊半榛莽風老菰蒲初

瑟縮門前大路多塵土日中過客無留轂開門卻掃如有待下馬升堂真不速勸我一振衣上黃臨風共倒樽中淥肴蔬草草意不盡絲竹泠泠暗相屬琳宮仙伯自閑暇幕府麤官苦煩促晚銜簿領當及期後堂車轄要須漉令人更愧東宮師眷戀溪山棄華屋

次韻轉運使鮮于侁新堂月夜

長愛陶先生閑居棄官後床上臥看書門前自栽柳低徊顧微祿畢竟誰挽袖索莫秋後蜂青熒曉天宿惟將不繫舟託此春江溜尺書慰窮獨秀句驚枯朽遙知新堂夜明月入杯酒千里共清光照我茅簷漏

送梁交供備知莫州

猛士當今守四方中原諸將近相望一樽度日空閑暇千騎臨邊自激昂談笑定先降虜使詩書仍得靖

戎行君看宿將何承矩安用摧鋒百戰場

### 秋祀高禖二絶

蕩蕩巍巍堯舜前一邱惟見柏森然後來秦漢何堪
數跋扈飛揚得幾年

乾德年中初一新頹垣破瓦委荆榛興亡舉墜干戈
際閑暇方知國有人

### 過興教贈釗上人

四十年間此院留臨河看盡往還舟同來並是三年
客聽說行藏各自羞

### 次韻王鞏代書

去年河上送君時我醉看君倒接籬一笑便成經歲
隔扁舟重到滿城知舊傳北海偏憐客新怪東方苦
愬飢應笑長安居不易空吟原上草離離

次韻南湖淸飮二首

翠箔紅窗映大堤遠來淸飮歎參差盈盈積水東西隔脉脉脉幽懷彼此知淥酒謾傳工破悶主人何敢怪顰眉明朝看月雲開未試與詹家一問龜

坐客經年半已非喜君重到暫相依不嫌愛酒樽頻倒只怕題詩紙屢飛耿耿幽懷誰與𢡟徐徐細酌未應違從今更肯相過否幾誤風吹白版扉

次韻偶成

交情淡泊久彌新吏役縈纏日益紛香火社中眞避世簿書叢裏强論文樽罍正及明蟾夜舟楫來隨早鴈羣世俗如君今有幾眞將富貴等浮雲

中秋見月寄子瞻

西風吹暑天益高明月耿耿分秋毫彭城閉門青嶂

合臥聽百步鳴飛濤使君攜客登燕子月色着人冷
如水筵前不設鼓與鐘處處笛聲相應起浮雲卷盡
流金丸戲馬臺西山鬱蟠杯中淥酒一時盡衣上白
露三更寒扁舟明日浮古汴回首逶迤陵谷變河吞
巨野入長淮城沒黃流只三版明年築城城似山伐
木爲堤堤更堅黃樓未成河已退空有遺蹟令人看
城頭見月應更好河流深處今生草子孫幸免魚鼈
食歌舞聊寬使君老南都從事老更貧羞見青天月
照人飛鶴投籠不能出曾是彭城坐中客

次韻王鞏自詠

平生未省爲人忙貧賤安閑氣味長粗免趨時頭似
葆稍能忍事腹如囊餽書見迫身今老樽酒聞呼首
一昂欲挽天河聊自洗塵埃滿面鬢眉黃

次韻王鞏同飲王廷老度支家戲詠

白魚紫蟹早霜前有酒何須問聖賢上客遠來工緩頰雙鬟爲出小垂肩新傳大曲皆精絶忽發狂言亦可憐莫恠貧家少還往自須先辦買花錢

送王鞏之徐州

遨遊公卿間結交非不足高秋遠行邁黃泥沒馬腹問君胡爲爾笑指籬間菊故人彭城守久作中朝逐詩書自娛戲樽俎當誰屬相望鶴頸引欲往龜頭縮前期失不遂浪語頻遭督黃樓適已就白酒行亦熟登高暢遠情戲馬有前躅篇章雜笑語行草爛盈幅歸來貯篋笥把玩比金玉吾兄別我久憂患欲誰告孤高多風霆彈射畏顛覆白頭日益新歲寒喜君獨紛紛衆草中冉冉凌霜竹恨我閉籠樊無由託君轂

次韻張恕九日寄子瞻

無限黃花簇短籬濁醪霜蟹正堪持坐曹漫爾誇勤瘁割肉何妨誚詆欺世外罇罍終自放俗間簿領莫相縻茱萸插遍知人少談笑須公一解頤王摩詰詩云遙知兄弟登高處插遍茱萸少一人

戲次前韻寄王鞏二首

白馬貂裘錦羃䍦離觴瀲灩手親持頭風欲待歌詞愈肺病甘從酒力欺不分歸心太怱草更憐人事苦縈縻相逢借問空長歎便捨靈龜看朵頤

細竹寒花出短籬故山耕耒手曾持宦遊蹔比鳧鷖集歸計長遭句僂欺歌舞夢回空歷記友朋飛去自難縻悠悠後會須經歲冉冉霜髭漸滿頤

贈杭僧道潛

月中依松鶴露下抱葉蟬賦形已孤潔發響仍清圓潛師本江海浪迹遊市廛髭長不能翦衲壞聊復穿瘦骨見圖畫禪心離攀緣出言可人意一一皆自然問師藏何深不與世俗傳舊識髯學士復從璉耆年塵埃既脫落文彩自精鮮落落社中人如我亦有旃柰何一相見撫卷坐長歎歸去勿復言山林信多賢

張安道生日二首

椿年七十二迴新蓬矢桑弧記此晨養就丹砂無上藥已超諸數自由身中年道路趨真境外物功名委世人今夜空庭香火罷定應星斗識天真

十載從公鬢似蓬羨公英氣老猶充生時別得星辰力晚歲仍加鼎竈功世事不堪開眼看勞生漸恐轉頭空問公試覓刀圭藥歲歲稱觴此日中

李鈞壽花堂幷敘

尚書郎晉陵李公秉性直而和少從道士得養生法未五十去嗜欲老而不衰爲南都通守其西堂北牖下池生菖蒲開花三四芬馥可愛以書占之曰此壽考之祥也因名其堂曰壽花而余爲作詩記之

石上菖蒲十二節仙人服之好顏色根如蟠龍不可得葉中開花誰復識夫子自少讀道書年未五十嗜欲除河流通天非轆轤下入金鼎融爲珠一醉斗酒心自如鬼物窺覘驚睢盱菖蒲花開壽之符白髮變黑顏如朱宅年三茆訪君廬拍手笑我言不虛

次韻子瞻題張公詩卷後

世俗甘枉尺所願求直尋不知一律訛大樂無完音

珍倣宋版印

見利心自搖慮害安得深至人不妄言淡如朱絲琴
悲傷感舊俗不類騷人淫又非避世翁閔嘿遽陽瘖
嘐嘐晨雞鳴豈問晴與陰世人積寸木坐使高樓岑
晚歲臥草廬誰聽梁甫吟宅年楚倚相儻能記愔愔

次韻廣州陳繹諫議和陳薦宋敏求二龍圖

二首

曾送飛龍白日翔未應中路許還鄉鶴歸仍有當年
伴松老知經幾度霜城下寶坊聊寄榻朝中振鷺舊
成行相逢出處何須問五嶺清平十月涼右和彥升寓定力

琳宮清淨思悠哉頗似山林未肯迴五日趨朝眞自
適一樽無事得頻開董狐執筆何時易馬援征蠻未
遽來奔走安閑誰定是都門攜手一徘徊右和彥升赴上醴泉

次韻王廷老寄子瞻

歌吹新成百尺臺青山臨水巧崔嵬佳人解作回文語狂客能鳴摻鼓雷擷菊傳杯醒復醉採菱盪槳去仍回新年聞欲相從飲春酒還須剩作醅

次韻頓起考試徐沂舉人見寄二首

齊楚諸生儼韠紳人人願得出君門銜枚勇鋭驚初合棄甲須臾訝許奔細讀未辭燈損目久留終厭棘爲藩定應親刈翹中楚把卷喧呼半夜言

老年從事忝南京海內交遊尚記名怯見廣場心力破厭看細字眼花生新科未暇通三尺舊曲惟知有六莖空憶倚樓秋雨霽與君看遍洛陽城前舉與頓同試西京舉人

送李鈞郎中

君家毗陵本江南雖爲浙西終未甘風流秀發自不

珍倣宋版印

減氣質渾樸猶中含敲榜滿前但長嘯簿書堆案常
清談湖中往往載畫舫竹下小小開茅庵歌吟髣髴
類騷雅導引委曲師彭聃新茶潑乳睡方覺淥酒傾
水醒復酣一朝揮手去不顧使我把袂心難堪扁舟
水涸費牽挽瘦馬雪凍憂朝參一官來往似秋鷰薄
俸包裹如春蠶東南乞麾尙可得白首誰念家無甔

送文與可知湖州

連持梁洋印久作溪山主深知爲郡樂但畏買茶苦
來歸天祿閣坐守登聞鼓九重未明入百辟盈庭舞
城南獨歸臥心事誰當語舊聞吳興勝試問天公取
家貧橐裝盡歲莫輕帆舉苕溪淨多石弁嶺瘦無土
湖藕雪冰絲山茶潑牛乳香粳飯玉粒鮮鯽鱠紅縷
宮閑水精潔人寄畫屏住俗吏自難堪詩翁正當與

從來思清絶况乃病新愈團團肘後丹暠暠胸中素
高卧鎮夸俗清談靜煩訴應笑杜紫微湖亭但狂顧

喜雪呈鮮于子駿三首

發函寛大一封書卧閣擁容三日餘旋見雪花投夜
落未應天意與人踈瓦乾淅淅初鳴霰畦潤漸漸想
沒鉏高會梁園遺勝在早知詞賦似相如
春秋無麥自當書况復秋田水潦餘一雪端來救焦
槁千箱乞與等親踈消殘温癘曾非藥蝕遍陳根不
用鉏猶恐遠村霑未足試呼農圃問何如
璽紙鋪庭幾誤書楊花糝逕未春餘積隨平野分高
下舞信微風作密踈解使遊人似姑射仍令飛鳥變
春鉏共驚天巧無能學造物無心本亦如

次韻文務光秀才遊南湖

珍倣宋版印

料峭東風助臘寒汀瀅白酒借衰顔滿床書卷何曾讀數步湖光自不閑夢想綠楊垂後浦眼看紅杏照前山新春漸好君歸速不見遊人暮不還湖前小山日杏山

子瞻惠雙刀

彭城一雙刀黃金錯刀鐶脊如雙引繩色如青琅玕開匣飛電落入手清霜寒引之置膝上凜然愁肺肝我衰氣力微覽鏡毛髮斑誓將斬鯨鯢静此滄海瀾又欲戮犀兕永息行路難有志竟不從撫刀但長歎投刀淚如霰北斗空闌干歸來刈蓬蒿鉏田植芳蘭惜刀不忍用用亦非所便棄置塵土中坐使鋒刃刓床頭夜生光知有蛟龍蟠慚君贈我意時取一磨看

留守與賓客會開元龍興寺觀燈余有故不預中夜登南城而望

燈引雙旌萬點紅傾城車馬在城東使君行樂人人
共勸客安眠夜夜同夢想笑談傾滿坐臥聞歌莞逐
春風三更試上南樓看無限繁星十里中

欒城集卷第八

珍倣宋版印

# 欒城集卷第九

詩七十首

春日耕者

陽氣先從土脈知老農夜起飼牛飢雨深一尺春耕
利日出三竿曉餉遲婦子同來相嫵媚烏鳶飛下巧
追隨紛紜政令曾何補要取終年風雨時

自柘城還府馬上

春色無人見茲行偶衆先柳黃新過雨麥綠稍鋪田
河潤兼冰散禽聲向日圓城池高受霧灘渙暖生煙
送客情初惡還家意稍便旋聞夫事起已過佛燈然
簿領何時畢塵埃空自憐南湖漸可到早治木蘭船

次韻子瞻人日獵城西

將賢士氣振令肅軍聲悄晨登戲馬臺一試胡騣褭

城空巷無人里社轉相曉吾公庶無疾但恐園囿小
荆榛一焚蕩雉兎皆驚矯翩翩白馬將手把青絲挑
少小事邊徼斬刈輕荼蓼殿前賜鞍勒珂月明皎皎
自言得所事強暴無不了廟筭本詩書下策禁焚燎
當令百鍊剛甘就一指繞低回未嘗試坐破世人少
秋霜一朝下凌厲見鷙鳥爲君整驕惰重立穰苴表

送鮮于子駿還朝兼簡范景仁

蜀中耆舊今無幾相逢握手堪流涕勸遊潦倒不還
家舊俗陵遲眞委地錢荒粟帛賤如土榷峻茶鹽不
成市詩書鄉校變古法節行故人安近利欲歸長恐
歸不得歸去相歡定誰是低佪有似羊觸藩眷戀僅
同雞擇米中山先生昔所愛南都攝尹私相喜窮冬
夜長一事無燈火相從夜深睡讀書萬卷老不廢慼

珍倣宋版印

寓百篇深有意俗吏惟知畏簡書窮途豈意逢君子春風歸騎忽西顧平日高談應且止朝騎疋馬事朝謁莫就一床尋夢寐猶有城西范蜀公買地城東種桃李花絮飛揚酒滿壺談笑從容詩百紙紅塵暗天獨不知白首相看兩無愧古人避世金馬門何必柴車返田里

次韻秦觀見寄

東家有賢人西家苦相忽幽蘭委冰霜掩靄特未發春風限芳蕤爛熳安可沒東南信多士人物世不闕考槃溪山間自獻恥干謁誰憐幽閑女豔色比南越垂耳困鹽車捐金空買骨讀書謝世事閉門動論月予生亦羈旅處世常卒卒誰令釣竿手強復此持笏惟餘七尺軀空洞中無物時蒙好事過解榻聊一拂

野情樂江海夢想扁舟兀隱居便醉睡世路多顛蹶
榮華一朝事毀譽百年歇相勸沐咸池陽阿晞汝髮

次韻道潛見寄

蕭蕭華髮映衰容慚愧高僧歎不逢遊宦終身空處
處塵埃何日退重重已甘憔悴雜羣鶴猶勝劬勞旱
歲龍回首不堪膏火熱試求甘露洒青松

次韻王鞏元日

庭鵲營巢初一枝餘寒未便裌羅衣春風娜娜還吹
霰歲事駸駸已發機上國遨遊誰信老中年情味秪
思歸和詩應覺添新懶過盡長空鴈北飛

送將官歐育之徐州

輕衫駿馬走春風未識彭城氣象雄青山只在白門
外明月盡屬黃樓中五斗濁醪消永日一雙鳴鏑戲

珍倣宋版印

晴空歸來笑殺幕府客閉戶看書滴滴窮

次韻答王鞏

君家當盛時畫戟擁朱戶中書十八年清明日方午形容畫雲閣功業載盟府中庭三槐在遺迹百世睹子孫盡豪俊豈類世寒窶胡爲久邅厄黽俛受侵侮往來兩都間奔走未安土願言解纓紱歸去事農圃嘉禾根未拔且忍俟甘雨拂衣走東皐此說吾不取聊復放襟懷清談對僧麈躬耕未可言知田顧乃父

次韻子瞻過淮見寄兼簡孫奕職方三首

出處平生共江淮恨不來宦遊良誤我老病賦懷哉徇物終今世量書盡幾堆歸耕少憂患惟有仰春雷蜀中謂田無水利者爲雷鳴田

龜山昔同到松竹故依然紅印封鹹豉黄罌分井泉

青天攜杖處晚日落帆偏無限相思意新詩句句傳

又

行役饒新喜臨川逢故人相看對泉石憐我在埃塵會合終多故分張類有神南遊得如願夢想霅溪春

次韻王鞏留别

決策歸田豈世情網羅從此脫餘生請君速治雞黍具待我同爲沮溺耕秋社相從醵錢飲日高時作叩門聲茅廬但恐非君處籍籍朝中望已傾

次韻答孔武仲

白髮青衫不記年相逢一笑整欣然誦詩亹亹鋸木屑展卷騣騣下水船未肯尺尋分枉直自然鑿枘有方圓閑官更似楊州學猶得昏昏晝日眠

送傅宏著作歸覲待闕

珍倣宋版印

膠西前輩鄭康成千載遺風及後生舊學詩書儒術
富兼通法律吏能精還家綵服頻爲壽得邑河壖喜
有兵民事近來多迫促弦歌聊試武城聲律有鄭氏章句

連雨不出寄張恕

麥熟蠶繅熱似烝雨傾三尺未爲溼洗清溝澮蚊虻
靜汲盡蒲蓮沼沚深遺秉滿田驚朽腐移牀避漏畏
侵尋高閑秖有張公子卧聽蕭蕭打葉音

和子瞻自徐移湖將過宋都途中見寄五首

東武厭塵土彭門富溪山從兄百日留退食同躋攀
輕帆過百步船底驚雷翻肩輿上南麓眼界涵川原
愛此忽忘歸願見且三年我去已忽忽兄來亦崩奔
永懷置酒地遶郭多雲煙
我昔去彭城明日河流至不見五斗泥但見三竿水

驚風鬱颯怒跳沫高睥睨瀲灩三月餘浮沉一朝事
分將食魚鼈何暇顧隣里悲傷念遺黎指顧出完壘
繚堞對連山黄樓麗清泗功成始逾歲脫去如一屣
空使西楚氓欲語先垂涕
千金築黄樓落成費百金誰言史君侈聊慰楚人心
清秋吐明月白壁懸青岑晃蕩河漢高恍悢窗戶深
邀我三日飲不去如籠禽史君今吳越雖往將誰尋

又

欲買兩家田歸種三頃稻因營山前宅遂作泗濱老
奇窮少成事飽煖未應早願輸橐中裝田家近無報
平生百不遂今夕一笑倒宅年數畝宮懸知迫枯槁

又

梁園久蕪沒何以奉君遊故城巳耕稼臺觀皆荒丘

池塘塵漠漠鴈鶩空遲留俗衰賓客盡不見枚與鄒輕舟舍我南吳越多淸流

次韻劉貢父登黃樓懷子瞻二首

青山開四面白水遶三禺野闊時聞籟人閑舊據梧畫船留上客遺迹問田夫事少日常飲才疎世未須決河初薦至勝事偶相俱燕子卑無取滕王遠可樵飛濤隱睥睨落日麗浮圖同舍新持節專城敢遽呼未迎行部駕已放下淮艫試問登消暑如何楚與吳吳興有消暑樓

再和

謞謞才名世駸駸日轉禺一時同接淅平昔共棲梧攬轡眞壯士擁旄良丈夫塵埃脫緇緌水石慰霜須勝地來相失淸樽未暇俱射餘空見帖鑄罷秪觀樵

歸計何當決徂年貴早圖檻中終爲食鞲上恥聞呼
顧我千羊毳平生一釣艫微官不須滿也復試遊吳

陪杜充張恕鴻慶宮避暑

至後雨如瀉晴來熱更多簿書霑汗垢巖石思藤蘿
賴有祠官靜時容俗客過老郎無不可公子亦能和
道勝還相接禪迷屢見訶清涼生絕念煩暑散沉疴
古木便張幄鳴禽巧當歌桃香呈絳頰瓜熟裹青羅
飯細經脣滑茶新到腹藹劇談時自笑飽食更無它
適意未應厭後遊眞若何宮居鄰曲沼田畎助清波
晚照明疎柳微風響衆荷輕舟尚可載小雨試漁蓑

宋城宰韓秉文惠日鑄茶

君家日鑄山前住冬後茶芽麥粒麤磨轉春雷飛白
雪甌傾錫水散凝酥谿山去眼塵生面簿領埋頭汗

匜膚一啜更能分幕府定應知我俗人無

次前韻

龍鸞僅比閩團曬鹽酪應嫌北俗麤採愧吳僧身似腊點須越女手如酥舌根遺味輕浮齒腋下清風稍襲膚七盌未容留客試瓶中數問有餘無

答孔武仲

飛霜委中林不廢長松綠驚風振川野未省勁草伏我貧客去盡君來常不速愧君贈桃李永願報瓊玉我性本山林苦學筆空禿騂騮蹇康莊病足顧難逐錦文銜華藻敝褐非所續家有五車書恨不十年讀濟南昔相遇我齒三十六談諧傾蓋間還往白首熟從君飲濁酒過我飯脫粟西湖多菼亂白晝下鴻鵠城西野人居柴門擁脩竹後車載鴟夷下馬瀉醽醁

醉眠臥荒草空洞笑便腹踈狂一如此此豈望世收錄
別來今幾何歸期已屢卜西南有薄田茅舍清溪曲
耕耘三男子伏臘當自足君能遠相尋布衣巾一幅

送吳思道道人歸吳興二絕

一去吳興十五年東歸父老幾人存惠山唯有錢夫
子一寸閒田曉日暾
遨遊海上冀逢人宴坐山中長閉門去住只今誰定
是相逢一笑各無言

次韻答陳之方祕丞

南山李將軍疋馬獨行獵田中射虎豹後騎不容躡
丈夫貴自遂老大饒驚懾飄搖天地間自視如一葉
故人多東南願作扁舟涉忽蒙長篇贈幸此傾蓋接
時世尚新奇詩書存舊業南風吹清汴西去無停楫

珍倣宋版印

恨不留君談一使衆坐厭新詩苦清壯欲和再三怯
東都多名卿投刺日盈篋一言苟合意富貴出旬浹
行看文石階高談曳長裾辱贈但茫然知君念疲薾

登南城有感示文務光王適秀才

幽憂隨秋至秋去憂未已南城試登望百草枯且死
落葉投人懷驚鴻四面起所思不可見欲往將安至
斯人定誰識顧有二三子清風皎冰玉滄浪自湔洗
竊脂未嘗穀南箕儻微似網羅一張設投足遂無寄
田深狡兎肥霜降鱸魚美造形悼前失式微歎往士
憧憧畝丘道歲晚嗟未止西山有茅屋鉏耰本吾事

張公生日是歲己未初致仕

少年談王霸英氣干斗牛中年事軒冕徇世仍多憂
晚歲探至道眷眷懷林丘今年乞身歸始與夙昔酬

高秋過生日眞氣茲一周觀心比孤月視世皆浮漚
表裏一蝸明萬物不能留顧謂憧憧人斯樂頗曾不
嗟我本俗士從公十年遊謬聞出世語俛作籠中囚
俯仰迫憂患欲去安自由問公昔年樂孰與今日優
山中許道士非復長史儔腹中生梨棗結實從今秋

次韻答張耒

客舟逝將西日夜西北風維舟罷行役坐令鬢如蓬
偶從二三子步上百尺臺雲煙遍原隰敞怳令人哀
山中難久居浮沉在城郭欲學楊子雲避世天祿閣
浮木寄流水行止非所期何須自爲計水當爲我移
外物不可必惟此方寸心心中有樂事手付瑟與琴
夜吟感秋詩惜此芳物零幽人亦多思起坐再三聽
白駒在空林缾罄有恥罍盡我一杯酒愁思如雲頽

珍倣宋版印

次王適韻送張耒赴壽安尉二首

綠髮驚秋半欲黃官居無處覓林塘浮生已是塵勞
侶病眼猶便錦繡章羞見故人梁苑廢夢尋歸路蜀
山長憐君顧我情依舊竹性蕭疎未受霜

魏紅深淺配姚黃洛水家家自作塘遊客賈生多感
慨閑官白傅足篇章山分少室雲煙老宮廢連昌草
木長路出嵩高應少駐屛顏新過一番霜

次韻張耒見寄

相逢十年驚我老雙鬢蕭蕭似秋草壺漿未洗兩脚
泥南轅已向淮陽道我家初無負郭田茅廬半破蜀
江邊生計長隨五斗米飄搖不定風中煙茹蔬飯糗
不願餘茫茫海內無安居此身長似伏轅馬何日還
爲縱壑魚憐君與我同一手微官骯髒羞牛後請看

插版趨府門何似曲肱眠甕牖中流千金買一壺櫝中美玉不須沽洛陽榷酒味如水百錢一角空滿盂縣前女几翠欲滴吏稀人少無晨集到官惟有懶相宜臥看南山春雨濕

次韻王適兄弟送文務光還陳

三君皆親非復客執手河梁我心惻倚門耿耿夜不眠挽袖匆匆有難色君歸使我勞魂夢落葉鳴堦自相擁君家西歸在新歲此行未遠心先恐故山萬里知何許我欲因君亦歸去清江髣髴釣魚船倏竹平生讀書處青衫白髮我當歸咀嚼式微歎古詩少年勿作老人調被服榮名慰所思

次韻張芻諫議燕集

淮陽臥閤生清風梁園坐嘯囹圄空不知何術解髖

珍倣宋版印

髀但覺羈客忘樊籠樽罍灑落談笑地塵埃脫去文書藂清心漸欲無一事少年空記揮千鍾近傳移鎮股肱郡復恐入覲明光宮人生聚散不可料一杯相屬時方冬浮陽似欲作飛霰想見觀闕瓊花中孝王會集猶可繼莫嫌作賦無枚翁聖民昔知陳州余嘗從之遊矣

臘雪五首

長恐冬無雪今朝忽暗空細聲聞簌簌遠勢望濛濛濕潤猶兼雨傾斜半雜風豐登解多事歡喜助三農

又

驕陽不能久密雪自相催急霰初鳴瓦飛花旋集臺着人消瘴疫覆麥長根荄欲試樽中物門前問客來

又

久有歸耕意西山百畝田雪來殊不惡酒熟自相便

一祓簪裳裹長遭羅網牽飛霙迫殘臘愁思渡今年

又

憂愁不可緩風雪故相撩試問五斗米能勝一束樵
耕耘終亦飽哺啜定誰邀寒暑不須避傾危且自遙

又

雪霜何與我憂思自傷神忠信亦何罪才名空誤身
歸來聊且止老去莫逢嗔樽酒他年事相看醉此晨

次韻王適雪晴復雪二首

驕陽得一雪踰尺應更好晨興視窻隙驚見晴霞杲
九衢無停迹狠籍須一掃空餘浩然氣凜凜接清昊
餘寒薄虛室一靜解羣燥晨炊晚未供客饋慙草草
試脫身上衣行問酒家保孤吟擊槁木大笑稱有道
人生但如此富貴何用禱所思獨未見耿耿屬懷抱

珍倣宋版印

又

同雲自成幄飛雪來無根一爲清風卷坐見東方暾重陰偶復合飛霰滿南軒油然青春意已見出土萱老病一不堪惟恃濁酒温開戶理松菊掃蕩無遺痕卷舒朝夕間誰識造化元乾坤本何施中有神怪奔萬物極毫末顛倒何足掀老農但知種荷鉏理南園

送呂由庚推官得替還洛中二首

君家相國舊元勳凜凜中丞繼後塵談笑二年同幕府風流一倍愈它人南都去後少佳客西洛歸來多老臣我亦宦遊無久意他年松竹許相鄰

洛水留人一向乾雪泥溢路十分寒送行我豈無樽酒多難君知久鮮歡回首秪應憐老病凌風爭看試輕翰到家定見嵩陽老問我衰遲未解官（司馬君實提舉嵩山）

四十一歲歲莫日歌

小兒不知老人意賀我明年四十二人生三十百事衰四十已過良可知少年讀書不曉事坐談王霸了不疑脂車秣馬試長道一日百里先自期不知中途有陷穽山高日莫多棘茨長裾大袖足鉤挽却行欲返筋力疲蝮蛇當前猛虎後脫身且免充朝飢歸來掩卷淚如雨平生讀書空自誤山中故人一長笑布衣脫粟何所苦古人知非不嫌晚朝來聞道行當返四十一歲不可言四十二歲聊自還

次韻子瞻繫御史獄賦獄中榆槐竹柏

秋風一何厲吹盡山中綠可憐凌雲條化爲樵夫束凜然造物意豈復私一木置身有得地不問直與曲

青松未必貴枯榆還自足紛然落葉下蕭條愧華屋

榆

盛衰日相尋循環何曾歇攀條擘柔莢回首驚脫葉綠槐陰最厚零落今存莢千林一枯槁平地三尺雪草木何足道盈虛視新月微陽起泉下生意未應絕

槐

故園今何有猶有百竿竹春雷起新萌不放牛羊觸雖無朱欄擁不見紅塵辱清風時一過交戛響鳴玉淵明避紛亂歸嗅東籬菊嗟我獨何爲棄此北窗綠

竹

曲如山下藤脆若溪上葦春風一張王秋霜死則已胡爲南澗中辛勤種柏子上枝撓雲霓下根絞石齒伐之爲梁棟歲月良晚矣白首閱時人君看柱下史

次韻子瞻贈張憨子

得罪南來正坐言道人閉口意深全天遊本自有真樂羿彀誰知定不賢構火暾暾初吐日飛流袞袞旋成川此心此去如灰冷肯更逢人問復然

過龜山

再涉長淮水驚呼十四年龜山老僧在相見一茫然僧老不自知我老私自憐驅馳定何獲少壯空已捐掉頭不見答笑指岸上船人生何足云陵谷自變遷當年此山下莫測千仞淵淵中械神物自昔堯禹傳帆檣避石壁風雨隨香煙爾來放冬汴冷沙漲成田褰裳六月渡中流一帶牽俯首見砂礫羣漁捕魴鱣父老但驚歎此理未易原何況七尺軀不爲物所旋

衆形要同盡獨有無生全百年爭奪中擾擾誰相賢

放閘二首

畫舫連檣住清流汎閘平忽看銀漢落仍聽夏雷驚正柂遲迴久開頭取次輕滯留初一快奔駛忽如傾不識風濤恐聊同枕席行行逢賤魚稻飽食慰平生

又

閘空非有礙水靜爲誰興開閉偶然異喧豗自不勝淵停初鏡淨勢轉忽雲崩脫隘尚容與投深盆沸騰王山紛破碎陣馬急侵陵挾版千鈞重浮舟萬斛升岸搖將落木魚困或投罾洶湧曾誰止蕭條遠欲凝力爭知必折少待亦何能一發臨流笑微言早服膺

次韻王適細魚

羣魚一何微僅比毛髮大嬉遊極草草鬚鬛自箇箇

造物賦羣形偶然如一唾吞舟雖云巨其樂不相過若言無性靈還知避船柂

高郵別秦觀三首

濛濛春雨濕邗溝蓬底安眠畫擁裘知有故人家在此速將詩卷洗閑愁

筆端大字鴉棲壁袖裏清詩句琢冰送我扁舟六十里不嫌罪垢汙交朋

高安此去風濤惡猶有廬山得縱遊便欲攜君解船去念君無罪去何求

召伯埭上斗野亭

細雨添春色微風淨牖流徂年半今世生計一扁舟飲食隨魚蟹封疆入斗牛江波方在眼轉覺此生浮

次韻鮮于子駿遊九曲池

珍倣宋版印

天高山近海春盡草生池禾黍多新恨川原自昔時
花存故苑麗樵出舊城隳莫望瓜洲渡曾經駐佛貍

楊州五詠

九曲池

嵇老清彈怨廣陵隋家水調繼哀音可憐九曲遺聲
盡惟有一池春水深鳳闕蕭條荒草外龍舟想像綠
楊陰都人似有興亡恨每到殘春一度尋

平山堂 歐陽永叔所建

堂上平看江上山晴光千里對憑欄海門僅可一二
數雲夢猶吞八九寬簷外小棠陰蔽芾壁間遺墨涴
汎瀾人亡坐使風流盡遺構仍須子細觀

蜀井 在大明寺

信脚東遊十二年甘泉香稻憶歸田行逢蜀井恍如

夢試煑山茶意自便短綆不收容盥濯紅泥遠置亦
清鮮早知鄉味勝爲客遊宦何須更着鞭

摘星亭 迷樓舊址

闕角孤高特地迷迷藏渾忘日東西江流入海情無
限莫雨連山醉似泥夢裏興亡應未覺後來愁思獨
難齊只堪留作遊觀地看遍峯巒處處低

僧伽塔

山頭孤塔閟真人云是僧伽第二身處處金錢追晚
供家家蠶麥保新春欲求世外無心地一掃胸中累
劫塵方丈近聞延老宿清朝留客語逡巡

題杜介供奉熙熙堂

門前籍籍草生徑堂上熙熙氣吐春遮眼圖書聊度
日放情絲竹最關身年來頻脫烏皮几客去時乾漉

珍倣宋版印

酒巿卜築城中移榜就休心便作廣陵人

遊金山寄楊州鮮于子駿從事邵光

楊州望金山隱隱大如幞揭來長江上孤高二千尺
僧居厭山小面面貼蒼石虛樓三百間正壓江潮白
清風歛霧霧曉日曜金碧直侵魚龍居似得鬼神役
我行有程度欲去空自惜風吹渡江水山僧午方食
波瀾洗我心筍蕨飽我腹平生足遊衍壯觀此云極
鐵甕本誰安海門復誰植東南遞隱見遙與此山匹
茲遊幾不遂深愧幕府客歸時日已莫正直江月黑
顧視天水弁坐恐星斗濕使君何時罷登覽不可失

初至金陵

山川過雨曉光浮初看江南第一州路繞匡廬更南
去懸知是處可忘憂

欒城集卷第九

# 欒城集卷第十

詩九十六首

和孔武仲金陵九詠

白鷺亭

白鷺洲前水奔騰亂馬牛亭高疑欲動船去似無憂
洶湧山方壞澄清練不收中秋誰在此明月滿城頭

覽輝亭

城裏最高處坡陁見一城山多來有緒江遠靜無聲
歌吹風前度樓臺雨後明風光同楚蜀聊此慰平生

鳳凰臺

鳳鳥久不至斯臺空復高何年種梧竹特地翦蓬蒿
白水來無際青山轉幾遭南遊且未返江海共滔滔

天慶觀

興廢不可必冶城今靜祠松聲聞道路竹色淨軒墀
江近風雲改亭深草木滋孤墳弔遺直狂闇閔元規
卞壼墓在觀側

高齋

金陵佳處自無窮使宅幽深即故宮樓殿六朝遺燼
後江山百里舊城中雨餘尚有金鈿落月出長窺粉
堞空看盡一城懷古地茲遊恨不與君同

此君亭在華藏寺

綠竹不可數孤亭一倍幽色分巖石潤梢出澗松修
雪節寒方見春萌旱不抽故山多此物長恨未歸休

見江亭在蔣山

江水信浩渺連山巧蔽虧端能上嶮絶故自識津涯
滅沒檣竿度飄搖鷺羽遲何人倚舟望亦愛此峯危

定林院

定林兩山間崖木生欲合茅屋倚巖隈重重陰清樾晨齋取旁寺生事信幽絶吾人定何爲常欲依暖熱

八功德泉

君言山上泉定有何功德熱盡自清涼苦除即甘滑頗遭遊人病時取破匏挹煩惱雖云清凜然終在臆

遊鍾山

江南四月如三伏北望鍾山萬松碧杖藜試上寶公龕衆壑秋聲起相襲青峯回抱石城小白練前橫大江直石梯南下俯城闉松徑東蟠轉山谷喬林無風聲如雨時見遊僧石上息行窮碧澗一庵巖坐弄清泉八功德歸尋晚飯衆山底困臥定林依石壁朝遊不知澗谷遠莫歸但覺穿雙屐老僧一身泉上住十

年掃盡人間迹客到唯燒柏子香晨飢坐待山前粥
丈夫濟時誠妄語白首居山本良策茹蔬飯糗何足
道純灰洗心聊自滌失身處世足愆尤愧爾山僧少
憂責

郭祥正國博醉吟庵

姑熟溪頭醉吟客歸作茅庵劣容席團團鵲卵中自
明窗前月出夜更清醉吟自作溪上語不學擁鼻雒
陽生詩成付與坐中讀知有清溪可終日作詩飲酒
聊復同誰來共枕溪中石圓天方地千萬里中與此
間大相似囂然一息不自停水火雷風相滅起直須
只作此庵看歌罷曲肱還醉眠不用騎鯨學太白東
入滄海觀桑田

湖陰曲

珍倣宋版印

老虎穴中臥獵夫不敢窺騂騮服箱驂盜驪巡城三
匝漫不知帳中晝夢日遶壁驚起知是黃須兒馬鞭
七寶留道左猛士徘徊不能過遺矢如冰去已遙明
日神兵下赤霄荒城至今人不住狐兎驚走風蕭蕭

舟次大雲倉回寄孔武仲

一風失前期十日不相見君帆一何駛去若乘風箭
我舟一何遲出沒蔽葭亂蘱中有白糟床上有黃卷
妻拏不足共思子但長嘆池陽重相遇撫手成一粲
先行復草草回首空眷眷人生類如此遲速亦何算
一見誠偶然四海戾獨遠相期廬山陰把臂上雲巘

池州蕭丞相樓二首

遶郭青峯睥睨屯入城流水縠文翻樓成始覺江山
勝人去方知德業尊坐久浮雲霾後嶺酒醒飛雪變

前村我來邂逅公歸國猶喜登臨共一樽 池守滕元發時將解

去

丞相風流直至今朱欄仍對舊山林奔馳軒冕身何

有跌宕圖書意最深松遶城頭風瑟縮江浮山外氣

陰森三年不起南遷想應有前人識此心

過九華山

南遷私自喜看盡江南山孤舟少僮僕此志還復難

局促守破窻聯翩過重巒忽驚九華峯高拱立我前

蕭然九仙人縹緲凌虛煙碧霞爲裳衣首冠青琅玕

揮手謝世人可望不可攀我行竟草草安能拍其肩

但聞有高士臥聽松風眠松根得茯苓狀若千歲黿

煑食一朝盡終身棄腥羶腹背生綠毛輕舉如翔鸞

相逢欲借問已在長松端何年脫罪罟出處良自便

珍倣宋版印

芒鞋拄藤杖逢山卽盤桓斯人未可求巖室儻復存

佛池口遇風雨

長江五月多風暴欲行先看風日好此風忽作東南來陰雲如湧撥不開驚雷往還轉車轂狂波低昂起坑谷中流一葉那復持卷舒已付天公知解帆轉柁不容語佛池口中幸可住須臾急雨變昏霾柁師喜賀風已回澄豁不動縈白練老木蒼崖蔚葱蒨繫舟茅屋得青蔬試問釣船還有魚開樽引滿向妻子明日復行未須怖陰陽開闔叚等閑扁舟誰令乘嶮艱

舟次磁湖以風浪留二日不得進子瞻以詩見寄作二篇答之前篇自賦後篇次韻

慙愧江淮南北風扁舟千里得相從黃州不到六十里白浪俄生百萬重自笑一生渾類此可憐萬事不

由儂夜深魂夢先飛去風雨對床聞曉鍾
西歸猶未有菟裘擬就南遷買一邱舟楫自能通蜀
道林泉真欲老黃州魚多釣戶應容貰酒熟鄰翁便
可留從此莫言身外事功名畢竟不如休

黃州陪子瞻遊武昌西山

千里到齊安三夜語不足勸我勿重陳起遊西山麓
西山隔江水輕舟亂鳧鶩連峯多回溪盛夏富草木
杖策看萬松流汗升九曲蒼茫大江湧浩蕩眾山蹙
上方寄雲端中寺倚巖腹清泉類牛乳煩熱須一掬
縣令知客來行庖映脩竹黃鵝時新煮白酒亦近熟
山行得一飽看盡千山綠幽懷苦不遂滯念每煩促
歸舟浪花暝落日金盤浴妻孥寄九江此會難再卜
君看孫討虜百戰不搖目猶憐江上臺高會飲千斛

珍倣宋版印

巾冠墮臺下坐使張公哭異時君再來擕被山中宿

將還江州子瞻相送至劉郎洑王生家飲別

相從恨不多送我三十里車湖風雨交晉車武子故居其水曰車湖松竹相披靡繫舟枯木根會面兩王子嘉眉雖異郡雞犬固猶邇相逢勿空過一醉不須起風濤未可涉隔竹見奔駛渡江買羔豚收網得魴鯉朝畦甘瓠熟冬盎香醪美烏菱不論價白藕如泥耳誰言百口活仰給一湖水奪官正無賴生事應且爾卜居請連屋扣戶容屣履人生定何爲食足眞已矣愆尤未見雪世俗多相鄙買田信良計蔬食期沒齒手持一竿竹分子長湖尾

赤壁懷古

新破荆州得水軍鼓行夏口氣如雲千艘已共長江

險百勝安知赤壁焚觜距方强要一鬭君臣已定勢三分古來伐國須觀釁意突成功所未聞

自黃州還江州

身浮一葉返湓城凌犯風濤日夜行把酒獨斟從睡重還家漸近覺身輕岸回樊口依俙見日出廬山紫翠橫家在庾公樓下泊舟人遙指岸如頳江州城下赤土如赭

江州五詠

射蛟浦

萬騎巡遊遍千帆破浪輕射蛟江水赤教戰越人驚山轉樓船影岸催連弩聲祈招無爲賦酣寢盡平生浦上積水相傳漢武教樓船於此

浪井

江波浮陣雲岸壁立青鐵胡爲井中泉湧浪時驚發

珍倣宋版印

水性本無定得止自澄澈誰爲女媧手補此天地裂

庾樓

元規情不薄上客有殷生夜半酒將罷公來坐不驚
舞翻江月迴談落麈毛輕塵世風流盡高樓空此名

東湖

讀書廬山中作郡廬山下平湖浸山腳雲峯對虛樹
紅蕖紛欲落白鳥時來下猶思隱居勝亂石驚湍瀉
李勃隱居廬山泉石奇勝今棲賢寺其故居也及爲九江太守始營東湖風物可愛

琵琶亭

湓江莫雨晴孤舟暝將發夜聞胡琴語展轉不成別
草堂寄東林雅意存北闕潸然涕泗下安用無生說

不到東西二林

山北東西寺高人永遠師來遊亦前定回首獨移時

社散白蓮盡山空玄鶴悲何年陶靖節溪上送行遲

## 遊廬山山陽七詠

### 開先瀑布

山上流泉自作溪行逢石缺瀉虹霓定知雲外波瀾闊飛到峯前本末齊入海明河驚照曜倚天長劍失提攜誰來臥枕莓苔石一洗塵心萬斛泥

### 漱玉亭

山回不見落銀潢餘溜喧豗響石塘目亂珠璣濺空谷足寒雷電繞飛梁入瓶銅鼎春茶白接竹齋廚午飯香從此出山都不棄滿田秔稻插新秧

### 簡寂觀

山行但覺鳥聲殊漸近神仙簡寂居門外長溪淨客足山腰苦筍助盤蔬喬松定有藏丹處大石仍存拜

珍倣宋版印

斗餘弟子蒼髯年八十養生世世授遺書

## 歸宗寺

來聽歸宗早晚鐘疲勞懶上紫霄峯墨池漫疊溪中石白塔微分嶺上松佛宇爭推一山甲僧廚坐待十方供欲遊山北東西寺巖谷相連更幾重此寺王逸少所置云有墨池在焉

## 萬杉寺

萬本青杉一手栽滿堂白佛九天來仁宗初年有僧手種萬杉特爲建此寺仍以禁中佛賜之涓涓石溜供廚足矗矗山屏遶寺開半榻松陰秋簟冷一杯香飯午鐘催安眠飽食平生事不待山僧喚始迴

## 三峽石橋

三峽波濤飽泝沿過橋雷電記當年江聲髣髴瞿唐

口石角參差灩澦前應有夜猿啼古木已將秋葉作
歸船老僧未省遊巴蜀松下相逢問信然

白鶴觀

五老相攜欲上天玄猿白鶴盡疑仙浮雲有意藏山
頂流水無聲入稻田古木微風時起籟諸峯落日盡
生煙歸鞍草草還城市慙愧幽人正醉眠

南康阻風遊東寺

欲涉彭蠡湖南風未相許扁舟厭搖蕩古寺慰行旅
重湖面南軒驚浪卷前浦霏微雪陣散顛倒玉山舞
一風輒九日未悉土囊怒百里斷行舟仰看飛鴻度
故人念征役一飯語平素竹色淨飛濤松聲亂秋雨
我生足憂患十載不安處南北已兼忘遲速何須數

寄題陳憲郎中竹軒

珍倣宋版印

家有脩篁綠滿軒趨庭詩禮舊忘言凌霜自得良朋友過雨時添好子孫試翦輕筠扶野步旋收涼葉煑清樽風流共道勝桑梓鄰里何妨種百根

次韻孔武仲到官後見寄

舉楫同千里繫舟時一言共嗟蓬作屋願就席爲門行役身先困征商思益昏僅同登壟斷何止服車轅

次韻筠守毛維瞻司封觀修城三首

北垣荊棘舊成堆留待公來次第開車馬已通城下路榛蕪盡付冶家灰異時碧瓦千門合應記紅旌百度來自笑禈諶便曠野肩輿飛蓋許追陪

撥棄案頭文字堆曉晴山色四門開究懷民事老雖壯俛首山城心已灰荊棘燒殘桑柘出狐貍去盡犬雞來規模先遣通蹊隧後乘應容衆客陪

山腳侵城起阜堆遶城徼道斬新開闉闍半壞驚潮
信隍壑初深見劫灰蟻聚千夫曾幾日鱗差萬瓦看
將來史君才力輕山郡朝論行聞急召陪

次子瞻夜字韻作中秋對月二篇一以贈王
郎一以寄子瞻

平明坐曹黃昏歸終歲得閑惟有夜已邀明月出牆
東更遣清風掃庭下城上青鬟四山合門前白練長
江瀉誰家高會吹參差鄰婦悲歌春罷亞二年憂患
今已過一夜清光天所借西京詩句出蘇李南國風
流數王謝已隨孤棹去中原肯顧新科求上舍讀書
本自比嵇鍛學劍要須問曹蔗清觴瀲灩君莫違佳
句駸駸予已怕狂夫猖狂終累人不返行遭親黨罵

又

珍倣宋版印

十年秋月照相思相從秪有彭門夜露侵笳鼓思城闕寒迫魚龍舞潭下厭厭夜飲歡自足落落襟懷向人瀉秋深河來巨野溢水乾樓起滕王亞北海孔公雖好客河内寇君那得借是非朝野忽紛紜得喪芳菲一開謝明月多情還入門流水何知空遶舍晨餐江市富鱸魴夜宿山村足梨蔗坐隅鵩鳥不須問牆外蝮蛇猶足怕晏公見唾行自乾馮老尚多誰定罵

次韻王適食茅栗

相從萬里試南餐對案長思苜蓿盤山栗滿籃兼白黑村醪入口半甜酸久聞牛尾何曾識䕶比雞頭意未安故國霜蓬如盌大夜來彈劍似馮驩

過毛國鎮夜飲

風格照人華省郎江山遶郭古仙鄉漫傳鉛鼎八百

歲未比金釵十二行不動歌聲人已醉旋聞詩句夜初長簿書撥盡知餘力道院清虛頃未嘗

次韻毛國鎮趙景仁唱和三首一贈毛一贈趙一自詠

治劇從容緩策銜鈴軒無事日清談隼旟畫戟明千里紙帳繩床自一庵金奏屢陳容客和玉山不動看賓酣我來邂逅逢寬政忘卻漂流身在南

一紙新詩過鴈銜醒然何異接君談奉親魚蟹兼臨海退食琴書定有庵一別經年真似夢多憂不飲亦如酣共君友契非今日蔽芾棠陰自劍南

遠謫江湖舳尾銜到來辛苦向誰談畏人野鶴長依嶺厭事山僧秪住庵黃雀頻來成一飽白醪新熟喜初酣疎頑近日尤堪笑坐任飄風去自南

再和三首

穴鼠何須窶藪銜蠹官不用苦高談夜傾綠蟻風吹竹晝擁黃紬雪覆庵每作微詞還自笑偶慚餘潤亦成酣公詩精絕非倫擬自古騷人盡在南

燕巢泥土一春銜慙愧封侯止立談舊隱尙聞存竹徑歸休但要葺茅庵釣船夢想沿溪泛酒盞遙思向日酣强欲遲留依幕府吳公行恐召河南

天教窮困欲誰銜生事那須一一談自笑豐年塵滿甑不堪雨後菌生庵士師憔悴經三黜陶令幽憂付一酣它日歸耕若相憶尺書頻寄北山南

次韻王適州學新修水閣

黃鐘巨挺兩春容何幸幽居近學宮坐對江山增浩氣力追齊魯欲同風頌詩聞道求何武家法行看試

左雄欲伴少年遊矍相奔軍慙愧恐詞窮

次韻毛君九日

山腳侵城盡是臺登高處處喜崔嵬手拈霜菊香無奈面拂江風酒自開幕府樽罍雲裏集民家歌吹靜中來定知勝卻陶彭澤悵望籬邊白日頹

次韻毛君感事書懷

種棠經歲便成科秋雨調勻氣漸和才力有餘嫌事少風情無限覺詩多長松更老仍添節古井雖深自不波宴坐山房人豈識一樽聊且慰蹉跎

次韻毛君見督和詩

新詩落紙一城傳顧我疏蕪豈足編宅日杜陵詩集裏韋迢略見兩三篇

次韻毛君山房遣興

珍倣宋版印

欲就陽崖暖新開石磴斜誰言太守宅自是野人家
燕坐收心鑑冥觀閱界沙退公長寂寞外物自喧譁
缺逕移松補斜陽種竹遮白雲生後礎孤鶩伴殘霞
破悶時尋鶴呼眠亦任鴉喜聞糟出甕屢問菊開花
古井元依斗丹砂舊養芽蚍蜉頻上案猿狖巧分樝
客到扁舟遠年侵兩鬢華心搖掛風旆眼暗隔輕紗
强撥橫肱睡來從插版衙隱居慙棄擲勝地每咨嗟
頑鈍終何取彫磨豈復加焦先夙所尚圜舍恰如蝸

和胡教授蒙太守策試諸生

著籍初同闕里多采芹先致魯風和欲將大策觀胸
膽盡召中堂列鴈鵝終日正言何忌諱幾人餘力尚
委蛇豈惟太守知爲政仍見先生善設科

和毛君州宅八詠

鳳凰山

山川蟠踞偶成形威鳳低回久未行更種梧桐真可致高飛性似伯夷清

披仙亭

仙翁舊住蜀江邊千歲歸來一鶴翩城郭已非人事改凄涼遺迹但披仙

方沼亭

池上茅簷覆水低早來秋雨尚虹霓敗荷折葦飛鴻下正憶漁舟泊故溪

翠樾亭

一夜飛霜點綠苔曉庭黄葉掃成堆簷間翠樾彫疎盡却放牆東好月來

李八百洞

珍倣宋版印

洞府山川百里賒洞門藤蔓鎖煙霞神仙不與人間異弟妹還應共一家

煉丹井

鑿井燒丹八百年塵緣消盡果初圓石床蘚甃人安在綠水團團一片天

磨劍池

神仙鑄劍本無硎岸石斑斑尚鐵鉎天上少年仍狡獪不須還爾對方平

山房

岸幘攜筇夜夜來蒲團紙帳竹香臺直須覓取僧爲伴更爲開庵斸草萊

次韻毛君病中菊未開

病肺秋深霧雨傷舊繒故絮喜清涼菊花金粟未曾

吐桂酒鵝兒空自黃草木亦知年有閏風霜漸近月

方陽十月陽月爲得詩聞道維摩病欲到毗耶言已忘

雨中宿酒務

微官終日守糟缸風雨凄凉夜渡江早歲謬知儒術

貴安眠近喜壯心降夜深唧唧醅鳴甕睡起蕭蕭葉

打窗阮籍作官都爲酒不須分別恨南邦

次韻毛君經旬不用鞭扑

共喜秋深酒未醇官曹休假不須旬政寬境内棠陰

合訟去庭中草色新不惜牛刀時一割已因饑鼠發

千鈞歲終誰爲公書考豈止江西第一人

次韻李撫辰屯田修州門

六月江濤壁壘頹蒼崖翠甓就新臺咄嗟雙闕還依

舊咫尺羣山信有材畫戟風生兩衙退飛橋日出萬

人來不因毀圮催興築誰見雍容治劇才

飲酒過量肺疾復作

朝蒙麴塵居夜傍糟床卧鼻香黍麥熟眼亂瓶罌過囊中衣已空口角涎虛墮啜嘗未云足盜醻恐深坐使君信寬仁高會慰寒餓西樓適新成明月猶半破擁簷青山橫拂檻流水播雕盤貯霜實銀盎薦秋糯共言文字歡豈待紅裙佐惟知醍醐滑不悟頗羅大夜歸肺增漲晨起脾失磨情懷怱牢落藥餌費調和衰年足奇窮一醉仍坎坷清樽自不惡多病欲何奈聞公話少年舉白不論箇歌吟雜嘲謔笑語爭掀簸平明起相視銳氣曾未挫達人遺形骸駑馬懷豆莝不知逃世網但解憂歲課不見獨醒人終費招魂些

衢州趙閲道少師濯纓亭

掛冠纓上已無塵猶愛溪光碧照人點檢舊遊黄石
在掃除諸念白鷗親一樽父老囊金盡三逕松筠生
事貧宅日南公數人物丹青添入縣圖新

茶花二首

黄蘗春芽大麥麤傾山倒谷採無餘久疑殘枿陽和
盡尚有幽花霰雪初耿耿清香崖菊淡依依秀色嶺
梅如經冬結子猶堪種一畝荒園試爲鉏
細嚼花鬚味亦長新芽一粟葉間藏稍經臘雪侵肌
瘦旋得春雷發地狂開落空山誰比數烝烹來歲最
先嘗枝枯葉硬天真在踏遍牛羊未改香

次韻毛君山房卽事十首

案牘希踈意自閑夜闌幽夢曉方回青苔紅葉騷人
事時見詩筒去又來

珍倣宋版印

東晉仙人借舊山定應天意許公閑郡人欲問史君處笑指峯巒紫翠間

蛩知秋候時鳴壁香凝蒲簾不出門隱几無言心有得南窗晴日暖侵軒

溪山付與醉中仙美酒何曾斗十千就得江邊賤魚稻閑官未用苦相憐

忘身先要解忘名分別須臾起不平請看早朝霜入屨何如臥聽打衙聲

禽哢秋來不復圓桐陰霜後亦成穿黃花强欲招酣飲白髮偏工報老年

邂逅清歡屢不期病來無奈羽觴飛醉乘籃轝江邊去長伴漁舟月下歸

醉裏題詩偏韻惡秋來勸酒盆盃深不才多病俱非

敵綠綺緣何得報金
庵中獨宿雨垂垂永夜無人款竹扉灰冷銅爐香欲
滅床頭一點臈燈微
觸事隨緣不用多華堂玉食奈憂何美人未厭山阿
陋薜荔爲裳帶女蘿

再和十首

澗草巖花日日開江南秋盡似春回旋開還落無人
顧惟有山蜂暖尚來
江上孤城面面山居人也自不曾閑蜂遊蟻聚知何
事日夜長橋南北閒
城郭村墟共水雲槿籬竹屋映柴門隱居亦有高人
在岸幘無言倚釣軒
一官疎散自疑仙三考應成醉日千早病固須閑地

著多憂長被達人憐

養生尤復要功圓溜滴南溪石自穿近見牢山陳道

士微言約我更三年牢山陳道士瑛近過此叩之竟無所云約三年當再見

張公詩社見公名公昔與張伯達爲唱和之友白首山城嘆不平

坐客要聞新樂府應須溢口琵琶聲

高情日與故山期鴻鵠誰言也倦飛且聽漁人强哺

啜坐中羈客畏公歸

天爲多才故欲禁府門摧落漲江深鼎新翠壁排精

鐵湧出飛樓直百金

樓上青山遶四垂畫橋百步引朱扉落成當與公同

上一看長江白練微

歌舞留賓意自多華燈數問夜如何白頭病客無才

思慣臥茅庵長薜蘿

## 筠州二詠

### 牛尾狸

首如貍尾如牛攀條捷嶮如猱猴橘柚爲漿栗爲餱筋肉不足惟膏油深居簡出善自謀尋蹤發窟幷執囚蓄租分散身爲羞松薪瓦甑烝浮浮壓入糟盎肥欲流熊肪羊酪眞比儔引筋將舉訊何尤無功竊食人所仇

### 黃雀

秋風下黃雀飛禾田熟黃雀肥羣飛蔽空日色薄逡巡百頃禾爲稀翾翻巧捷多且微精丸妙繳舉輒違乘時席勢不可揮一朝風雨寒霏霏肉多翅重天時非農夫舉網驚合圍懸頸系足膚無衣百箇同缶仍相依頭顱萬里行不歸北方居人厭羔豨咀噍聊發

一笑欷

欒城集卷第十

# 欒城集卷第十一

## 詩八十六首

### 和毛君新葺囷庵船齋

厭居華屋住東庵眞味全勝食薺甘多病維摩長隱
几無心彌勒便同龕誤遊田舍空成笑謬入僧房卽
欲參風霽不知吹有萬月明聊共影成三齋如小舫
才容住室類空囷定不貪擁褐放衙人寂寂脫巾漉
酒鬢鬖鬖畫囊書帙堆窻案藥裹瓢樽掛壁籃簷竹
風霜曾不到盆花蜂蝶未全諳公餘野鵲驚初睡賓
醉佳人笑劇談勸客巨觥那得避和詩難韻不容探
曉來霏霧連江氣冬後温風帶嶺嵐去國屢成還蜀
夢忘憂惟有對公酣終身狗祿知何益投檄歸耕貧
未堪借我此庵泥藥竈古書鴻寶試淮南

寒雨

江南殊氣候冬雨作春寒冰雪期方遠蕉絺意始闌
未妨溪草綠先恐嶺梅殘忽發中原念貂裘據錦鞍

積雨二首

山雨無時歇江波上岸流泥深未免出橋斷更堪憂
房淺鄰糟甕宵寒攬絮裘朝來勢未已歸路恐操舟

又

微陽力尚淺未解破重陰雲氣山川滿江流日夜深
凍芽生滯穗餘潤及重衾泥濘沉車轂農輸絕苦心

戲贈李朝散

江霧霏霏作雪天樽前醉倒不知寒後堂桃李春猶
晚試覓酥花子細看

戲荅

銀餅瀉酒正霜天玉塵生風夜更寒下客不辭投轄飲好花猶恐隔簾看

臨江蕭氏家寶堂

高人不解作生涯唯有中堂書五車竹簡多於孔氏壁牙籤新似鄴侯家田園豈是子孫計青紫今爲里巷誇富貴早知皆有命君應未厭十年賒

和蕭刑察推賀族叔司理登科還鄉四首

家聲籍籍大江西臨老揮毫捧御題得意何殊少年樂還家不惜醉如泥

讀盡家藏萬卷書蕭然華髮宦遊初區區獄掾何須愧聊把春秋試緒餘漢儒以春秋決獄

作官未減讀書勤簿領從今日日新汗簡韋編誰付予傳家應有下帷人

巷南諸子足才賢邂逅相逢秀句傳强作短章同寄與異時見我一依然

## 次韻吳厚秀才見贈三首

騷人思苦骨巖巖百里攜詩相就談故作微詞挑還客不嫌春雨濕歸衫少年舊喜登高賦老病今成見敵慙問我近來誰復可對君聊擬誦周南

久欲歸田計未成羨君負郭足爲生躬耕不用千鍾祿高臥誰知萬里征已覺安閑眞樂事可憐辛苦盡浮名隱居便作江南計爲覓佳山早寄聲

一卷新詩錦一端掉頭吟諷識芳酸哀歌永夜悲牛角朗詠扁舟笑杏壇間發笙簧猶可擬棄捐斤斧定知難繼君高韻君應笑咀嚼歸途久據鞍

## 次韻毛君燒松花六絕

珍倣宋版印

茅庵紙帳學僧眠爐爇松花取易然惟有未能忘酒
在手傾金盞鬬垂連
餅雜松黃二月天盤敲松子早霜寒山家一物都無
棄狼籍乾花最後般蜀人以松黃爲餅甚美
松老香多氣自嚴餘煙勃鬱透疎簾須臾過盡惟灰
在借問誰收一番炎
美人寒甚懶開扉金作松花插罨羅幾度低頭疑墮
落青煙已斷未消時
枯蔓鱗皴不復堅重重正似半開蓮曾經樵舍塼爐
見未許邦君畫閣然
黃蠟供炊自一家錙銖貧富遞矜誇都城爭買方薪
貴却顧松花已自奢
陪毛君遊黃仙觀

李叟仙居仍近市黃公道院亦依城定應昔日山林地未有今時雞犬聲白鶴翻飛終不返黃冠憔悴只躬耕試從車騎尋遺跡恐有居人解養生

次韻王適梅花

江梅似欲競新年照水窺林態愈姸霜重清香渾欲滴月明素質自生煙未成細實酸猶薄半落南枝意可憐誰寫江西風物樣徐家舊有數枝傳

次韻王適春雪二首

江南春候寒猶劇細雨風吹作雪花中夜窻扉初晃漾平明草木半低斜潤催江柳排金綠光雜山茶點絳葩老病不堪乘曉出紛紛能使髮增華

春雪飄搖旋不成依稀履跡散空庭山藏複閣猶殘白日照南峯已半青

珍倣宋版印

毛君惠温柑荔支二絶

楚山黄橘彈丸小未識洞庭三寸柑不有風流吳越客誰令千里送江南

荔子生紅無奈遠陳家曬白到猶難雖無驛騎紅塵起尙得佳人一笑歡

次韻王適遊真如寺

江上春雨過城中春草深擾擾市井塵悠悠溪谷心東郊大愚山自古簷蔔林微言久不聞墜緒誰當尋道俗數百人請聞海潮音齋罷車馬散万籟俱消沉新亭面南山積霧開重陰蕭然偶有得懷抱方愔愔我坐米鹽間日被塵垢侵不知山中趣强作山中吟

次韻王適新鸎

好雨纖纖潤客衣新來雙鸎力猶微似嫌春早無人

見故待簾開掠地飛南國花期知不遠中原寒劇未
應歸養雛不怕巢成早記取朝朝爲啓扉

官居卽事

官局紛紜簿領迷生緣瑣細老農齊偷安旋種十年
木肉食還須五母雞對酒不嘗憐酤榷釣魚無術漫
臨溪此身已分長貧賤執爨縫裳愧老妻

陪毛君夜遊北園

池塘草生春尚淺桃李飛花初片片一樽花下夜忘
歸燈火尋春畏春晚春風暗度人不知滿園紅白已
離披江南春雨少晴日露坐青天能幾時折花只恐
傷花意攜客就花花定喜落蘂飄香翠袖中交柯接
葉燈光裏雨練風柔雪不如精神炫轉影扶疎夜香
飛藹勝朝日月暗還須明月珠美人勸我殊非惡明

珍倣宋版印

日雨來無此樂醉歸不用怕山公馬上接䍦先倒著

山橙花口號

故鄉寒食荼蘼發百和香濃村巷深漂泊江南春欲盡山橙髣髴慰人心

次韻馮弋同年

細雨濛濛江霧昏坐曹聊且免泥奔賣鹽酤酒知同病一笑何勞賦北門

送王適徐州赴舉

送別江南春雨淫北方誰是子知音性如白玉燒猶冷文似朱弦叩愈深萬里同舟寬老病一杯分袂發悲吟明年牓上看名姓楊柳春風正似今

遊吳氏園

細雨作寒晴便暖好風吹袂意初佳清池解洗春心

熱紅豔能添醉眼花紫竹暗生岷岫笋山舟强比洛
人家憐渠巧與閑官便申退來遊未覺賒

江州周寺丞夷詠亭

行過廬山不得上盜江城邊一惆悵羨君山下有夷
亭千巖萬壑長相向山中李生好讀書出山作郡山
前居手開平湖浸山脚未肯卽與廬山疎道州一去
應嫌遠千里思山夢中見青山長見恐君嫌要須罷
郡歸來看

次韻毛君遊陳氏園

增築園亭草木新損花風雨怨頻頻篔簹似欲迎初
暑芍藥猶堪送晚春薄莫出城仍有伴攜壺藉草更
無巡歸軒有喜知誰見道上從橫滿醉人

江漲

珍倣宋版印

山中三日雨江水一丈高崩騰沒洲渚淫溢侵蓬蒿
凌晨我有適出門舟自操中廛已易肆下道先容舠
雞犬萃墳冢牛羊逾圈牢廚薪散流栟囷米爲浮糟
臥席不遑卷剝蠶仍未繅老弱但坐視閭里將安逃
徙居共擾擾來勢方滔滔嗟余偶同病哀爾爲生勞
晴日慰人願寒風送驚濤藩籬出舊趾蠃蚌遺平皐
流竄非擇地艱難理宜遭胡爲苦戚戚一夕生二毛

和子瞻鐵柱杖

截竹爲杖瘦且輕石堅竹破誤汝行削木爲杖輕且
好道遠木折恐不到閩君鐵杖七尺長色如黑虵氣
如霜提攜但恐汝無力撞堅過險安能傷柳公雖老
尚强健閉門却埽不復將知公足力無嶮阻憐公未
有登山侶回生四海惟一身袖中長劍爲兩人洞庭

漫天不覺過半酣起舞驚鬼神願公此杖亦如此此適
意遨遊日千里歸來倚壁示時人海外蒼茫空自記
競渡
史君欲聽榜人謳一夜江波拍岸流父老不知招屈
恨少年爭作弄潮游長鯨破浪聊堪比小旆迎風殊
未收角勝爭先非老事凭欄寓目思悠悠
登郡譙偶見姜應明司馬醉歸
蒼然莫色映樓臺江市遊人夜未迴何處酒仙無一
事肩輿斛睡過橋來
送姜司馬
七歲立談明主前江湖晚節弄漁船鬬雞誰識城東
老喪馬方知塞上賢生計未成歸去詠草書時發醉
中顛當年不解看齊物氣踴如山誰見憐

珍倣宋版印

寄題趙屼承事戲綵堂

春晚安輿遍浙東永嘉别乘喜無窮櫜裝已笑分諸子吏道何勞問薛公堂上壽樽諸掾集室中禪論衲僧通與闌却返林泉去幕府長留孝弟風

次韻温守李鈞見寄兼簡毛大夫

梁苑相從簿領中清風相逐畫船東婆娑江海凌雲鶴飲啄籠樊失渚鴻别後丹砂迷舊訣愁來白髮變衰翁此間詩老仍勍敵正憶高吟酒盞空

次韻洞山克文長老

無地容錐卓年來轉覺貧偶知珠在手一任甑生塵竄逐非關性顛狂却甚真此心誰復識試語洞山人

試院唱酬十一首

戲呈試官呂防

新秋風月正涼天空館相看學坐禪滿榻詩書愁病眼隔牆砧杵思高眠霜飛一葉凋瓊玉風遶雙松奏管絃聞道熊羆歸夢數侵天闌棘漫森然

次韻呂君豐城寶氣亭

紫氣飛空不自謀誰憐黽勉匣中留西山猛獸橫行甚北海長鯨何日收星斗不堪供醉舞蛟龍會看反重湫功成變化無蹤迹望斷中原百尺樓

次韻呂君見贈

偶然傾蓋接清言不覺門前晝漏傳老病低摧方伏櫪壯心堅銳正當年莫嫌客舍一杯酒試論灊山三祖禪明日程文堆几案只應衰懶得安眠呂前官舒州問禪灊山

次韻呂君興善寺靜軒

珍倣宋版印

自恨尋山計苦遲年過四十始知非小軒迎客如招
隱野鳥窺人自識機窗外竹深孤鶴下堦前菊秀晚
蜂飛老僧戰勝長幽寂瘦骨緣何未肯肥

觀試進士呈試官

松庭散朝日棘戶啓秋風鵠鷺紛來下旌旗儼未攻
馳詞看倚馬餘力送征鴻逸足誰先到孤標想暗空
晶熒雙鏡並高下片言公老病方躭睡飛沉一夢中

次前韻

南國號多士幾人洙泗風英村自入彀壞陣不勞攻
文縟山藏豹飛高弋慕鴻蚩姸歸品藻得失付虛空
考行先推本登賢旋奏公期君緩歸轡一醉鹿鳴中

戲呈試官

只隔牆東便是家悁悁還似在天涯客心不耐聽松

雨歸信猶堪飲菊花翦燭看書良寂寞披沙見玉忽喧譁自慚空館難留客試問姮娥稍駐車

次前韻三首

老去在家同出家楞伽四卷即生涯麄詩怪我心猶壯細字憐君眼未花霜落初驚衾簟冷酒酣猶喜笑言譁歸心知有三秋恨莫學怱怱下坂車

門前溪水似漁家流浪江湖歸未涯邂逅高人來說法支離枯木旋開花諸生試罷書如積劇縣歸時訟正譁安得騎鯨從李白試看牛女轉雲車

濁醪能使客忘家屈指歸期已有涯魚化昨宵驚細雨鹿鳴它日飲寒花已諳江上肴蔬薄莫笑衙前鼓笛譁太守況兼鄉曲舊會須投轄止行車

試罷後偶作

珍倣宋版印

重門閉不開烏鳥相呼樂晨暉轉簾影微風響松末
喧譁適已定寂歷方有覺人生竟何事外物巧相縛
當時不自悟已過空成怍耕耘亦何苦遊宦殊自惡
棄彼既已誤就此良應錯誰能郎兩忘隨緣更無作

放牓後次韻毛守見招

飽食安眠愧不材疏簾翠箒幸相陪深居正厭銀袍
亂失喜初聞鐵鎖開佳句徑蒙探古錦小槽仍報滴
新醅諸人欲見風流伯不用招呼亦自來

送毛滂齋郎

先志承顏善養親束裝騎馬試爲臣酒腸天與渾無
敵詩律家傳便出人擁鼻高吟方自得折腰奔走漸
勞神歸來一笑須勤取花發陳吳二月春

燕貢士

泮水生芹藻干旄在浚城桑鴞同變響苹鹿共和鳴
秋晚槐先墮霜多桂向榮清樽助勸駕急管發驩聲
勇鋭青衿士淹通白髮生芬芳雜蘭菊變化等鵾鯨
去日衣冠盛歸時里巷驚坐中詞賦客愧爾一經明

次韻毛君清居探菊

眼前黄葉畏秋霜耳畔啼蛩怨夜長佳節欣聞近莫
菊清商試爲奏伊涼疎狂久笑謀生拙貧病應憐爲
口忙今日共公拚一醉從教人道亦高陽

次韻毛君見贈

江國騷人不耐秋夜吟清句曉相投鋒藏豈願囊中
脱尾斷終非俎上羞擇地何年眞得意餔糟是處可
同遊南遷尚有公知我人事何須更預謀

次韻毛君偶成

年來衰病正相兼薄宦奔馳尚未厭詩句空多渾漫興俗緣已重不須添聱牙向物知難合疎懶憐公獨未嫌時聽淵明詠歸去猶應爲我故遲淹

孔平仲著作江州官舍小庵

近山不作看山計引水新成照水庵閉口忘言中自飽安心度日更誰參篇編圍遶穿書蠹窻戶低回作蠒蠶我亦一軒容膝任敝裘麤飯有餘甘

送饒州周沃秀才免解

少年工作賦中歲復窮經驥老終知道劍埋新發硎束裝鄰里助答策友朋聽還似臨淄貢隨風起北溟

雪中洞山黄檗二禪師相訪

江南氣暖冬未回北風吹雪真快哉雪中訪我二大士試問此雪從何來君不見六月赤日起冰雹又不

見臘月幽谷寒花開紛然變化一彈指不妨明鏡無纖埃

毛國鎮生日二絶

生日元同小趙公里閭相接往還通恠公日夜歸心切欲寄此生丹竈中（世謂叔平大趙參政閱道小趙參政趙公嘗養生故有丹灶之句）

聞公歸橐尚空虛近送楞嚴十卷書心地本無生滅處定逢生日亦如如

次韻毛君將歸

踈傳思歸不待時孟軻出晝苦行遲新詩尚許留章句故事誰從問典彝金馬尚應堪避世石泉未信可忘飢不才似我真當去零落衡茅隔雍岐

送楊騰山人

珍倣宋版印

胸中萬卷書不如一囊錢不見楊夫子歲晚走道邊夜歸空床臥兩手摩涌泉窻前雪花落真火中自然渙然發微潤飛上崑崙顛霏霏兩甘露稍稍流丹田閉目內自視色如黃金姸至陽不獨凝當與純陰堅一竅百不遂此事終無緣君看抱朴子共推古神仙無錢買丹砂遺恨盈塵編歸去守茅屋道成要有年

次韻子瞻與安節夜坐三首

前山積雪暮嶸嶸燕坐微聞落瓦聲共對一樽通夜語相看萬里故鄉情信歸嶺上寒梅遠恨極江南春草生明日青銅添白髮且須醉睡倒燈檠

少年高論苦嶸嶸老學寒蟬不復聲目斷家山空記路手披禪冊漸忘情功名久已知前錯婚嫁猶須畢此生家世讀書難便廢漫留案上鐵燈檠

謫官似我無歸計落第憐渠有屈聲握手天涯同一笑倚門歲晚不勝情黄岡俯仰成陳迹白首蹉跎異後生歸去且安南巷樂莫看歌舞醉長檠

次韻毛君上書求歸未報

白髮憂民帶減圍頻聞慷慨賦將歸近傳道士連三嬲久悟禪門第一機夜永庵中詩自得日高門外客來稀此心素定誰能勸秖有丁寧詔莫違

次韻毛君絶句

中池有士閉重關夜發天光走玉環白日對人人不識幅巾破褐任塵漫

次韻毛君留别

問天乞得不訾身屈指人間今幾人魚縱江潭真窟宅鶴飛松嶺倍精神清風吹雨停歸騎舊圃留花送

晚春自號白雲知有意便從丹竈拂埃塵

送毛君致仕還鄉

古人避世事豈問家有無但言鴻鵠性不受樊籠拘
公家昔盛時阡陌連三衢倉廩濟寒餓婚嫁營覊孤
千金赴高義脫手曾須臾晚爲二千石得不償所逋
撫掌不復言但以文字娛我恨見公遲冉冉垂霜鬚
高吟看落筆劇飲驚倒壺負罪不自知適意忘憂虞
忽聞叩天閽言旋故山廬朋友不及謀親戚亦驚呼
人生各有意何暇問俗徒嗟我好奇節嘆公眞丈夫
天高片帆遠目斷清風徂惟應東宮保迎笑相攜扶

贈景福順長老二首并叙

轍幼侍先君聞嘗遊廬山過圓通見訥禪師留連
久之元豐五年以謫居高安景福順公不遠百里

惠然來訪自言昔從訥於圓通逮與先君遊歲月遷謝今三十六年矣二公皆吾里人訥之化去已十一年而順公年七十四神完氣定聰明了達對之悵然懷想疇昔作二篇贈之

屈指江西老多言劍外人身心已無著鄉黨漫相親
竄逐知何取周旋意甚真仍將大雷雨一洗百生塵

又

念昔先君子南遊四十年相看順老在想見訥師賢
歲歷風輪轉禪心海月圓常情計延促無語對潸然

次韻孔平仲著作見寄四首

昔在京城南成均對茅屋清晨屣履過不顧車轚轂
時有江南生能使多士服同儕畏鋒銳兄弟更馳逐
文成劇翻水賦罷有餘燭連收頷底髭未耗髀中肉

珍倣宋版印

飛騰困中路龍勉啄場粟歸來九江上家有十畝竹
一官粗包裹萬卷中自足還如白司馬日聽杜鵑哭
我來萬里外命與江波觸罪重慙故人囊空仰微祿
已爲達士笑尙謂愚者福米鹽日草草奔走長碌碌
尺書慰貧病佳句爛珪玉多難畏人知胡爲强題目
徂年慕桑梓歸念寄鴻鵠但願洗餘愆躬耕江一曲

又

共居天地中大類一間屋推排出高下何異車轉轂
死生本晝夜禍福固倚伏誰令塵垢昏浪與紛華逐
譬如薪中火外照不自燭感君探至道勸我減粱肉
虛心有遺味實腹不須粟芬敷謝桃杏清勁比松竹
息微知氣定睡少驗神足胡爲嗜一飽坐使百神哭
要知丹砂異不受腥腐觸可憐山林姿自縛斗升祿

君看出世士肯屑世間福寧從市井游與衆同碌碌
不願束冠裳腰金佩鳴玉斯人今何在未易識凡目
恐在廬山中飛翔逐黃鵠試用物色尋應歌紫芝曲

又

百病侵形骸漸老同破屋中有一寸空能用輻與轂
忽如丹砂走不受凡火伏前瞻意不遠後躡愈難逐
將炊甑中飯未悟窗下燭聰明役聲形口腹嗜魚肉
塵泥翳泉井荊棘敗禾粟未知按妙指漫欲理絲竹
廬山多名緇過客禮白足達觀等存亡世俗强歌哭
確然金石心不畏蚊蚋觸順忍爲裳衣供施謝榮祿
真人我自有渡海笑徐福衆皆指庸庸自顧非碌碌
愧君詩意厚桃李報瓊玉舉網羅衆禽有獲非一目
喧啾定無用要自取黃鵠君看大方家慎勿留一曲

珍倣宋版印

又

治生非所長兒女驚滿屋作官又迂疎不望載朱轂因緣罣罪罟未許卽潛伏空餘讀書病日與古人逐老妻憐眼昏入夜屏燈燭上官念貧寠時節饋醪肉衰年類蒲柳世事劇麻粟數日望歸田寄語先栽竹文章亦細事勤苦定何足君詩四相攻欲看守陴哭愧無卽墨巧不解火牛觸自非太學生彫琢事干祿安心已近道閉口豈非福胡爲調狂詞玉石相落碌腹中抱丹砂舌下漱白玉作詩雖云好未免亂心目弈秋教二人不取志鴻鵠摩詰非不言遺韻寄終曲

陰晴不定簡唐覲秘校幷敎吳二君五首

積雨春連夏新晴忽復陰江痕漲猶在梅氣潤相侵蕉紵還須脫圖書漸不禁江南舊風俗愁絕北來心

又

蠶眠初上簇麥熟正磨鐮雲氣重重合江流夜夜添

荐飢人甚困多病我仍兼欲就橋南宿單衣莫雨霑

又

漲江方斷渡小棹信輕生貧賤誰憐汝漂浮空自驚

一官終竊食何計早歸耕忽發騷人恨淒涼久未平

又

西鄰豫章客病骨瘦欒欒清夜眠孤枕終朝飽一簞

雨多愁不出講罷未應餐約我晴相過門前泥欲乾

又

二子薪中楚相攜泮上游虀鹽聊度日爻象久忘憂

寂寞君何病驅馳我自羞何時采芹處永日看鳧鷗

欒城集卷第十一

珍倣宋版印

欒城集卷第十二

詩八十九首

雨後遊大愚

風光四月尙春餘淫雨初乾積潦除古寺蕭條仍負郭閑官疎散亦肩輿摘茶戶外烝黄葉掘筍林中間緑蔬一飽人生眞易足試營茅屋傍僧居

送高安羅令審禮

一邑憂勞水旱中牛刀閑暇似無功政成仍喜新蠶熟歸去還將舊橐空清白久聞誇父老沉埋誰爲愬諸公謫居長恨交游少悵望肩輿又欲東

送唐覲

溪上幽居少四隣西家幸有著書人經年食菜誰憐瘦終日題詩自不貧身在江湖釣竿地心馳蘭會戰

車塵此行便有飛騰處笑殺年來老病身唐君常欲爲陝西官慨然有功名之志

### 次韻唐覲送姜應明謁新昌杜簿

夫子雖窮氣浩然輕簑短笠傲江天薄遊到處唯眈酒歸去無心苦問田泮上講官殊不俗山中老簿亦疑仙相從未足還辭去欲向曹溪更問禪姜如晦方作嶺外之行

### 新種芭蕉

芭蕉移種未多時濯濯芳莖已數圍畢竟空心何所有斂傾大葉不勝肥蕭騷莫雨鳴山樂狠籍秋霜脫敝衣堂上幽人觀幻久逢人指示此身非

### 次韻姜應明黃蘗山中見寄

垂老閑居味更深此身隨世任浮沉北窗未厭曲肱

臥西洛能傳擁鼻吟疋馬徬徨猶寄食敝裘安樂信無心我今漂泊還相似同愧高僧支道林

次韻黃大臨秀才見寄

故人聚散霜前葉往事眇茫風際煙遊宦一生非有已隱居萬事不由天崎嶇檻穽方謀食嘯傲山林肯計年賴己將心問盧老相逢它日笑風顛

次韻李朝散遊洞山二首

古寺依山占幾峯精廬髣髴類天宮三年欲到官爲礙百里相望意自通無事佛僧何處著入羣鳥獸不妨同眼前簿領何時脫一笑相看丈室中

又

僧老經時不出山法堂延客未曾關心開寶月嬋娟處身寄浮雲出沒閒休夏巾缾誰與共迎秋水石不

勝閑近來寄我金剛頌欲指胸中無所還

簡學中諸生

泮水秋生藻荇涼莫窗燈火亂螢光圖書粗足惟須讀菽粟才供且自强羽籥暗催新節物弦歌不廢近詩章腐儒最喜南遷後仍見西雝白鷺行

以蜜酒送柳真公

床頭釀酒一年餘氣味全非卓氏壚送與幽人試嘗看不應知是百花鬚

次韻柳見答

桂酒無人寄豫章（江西官釀惟豫章最佳）羈愁牢落遣誰當烹煎崖蜜真牽强慚愧山蜂久蓄藏江上鱠鱸橙正熟山頭吹帽菊初香漂流異日俱陳迹笑說過從想未忘

珍倣宋版印

披仙亭晚飲

落日欲沒多雲煙南山暝鴉歸北山樓臺城上半明滅燈火橋頭初往還江西八月熱猶在坐中遷客頭欲班何時解綱聽歸去黃花白酒疎籬間

余居高安三年每晨入莫出輒過聖壽訪聰長老謁方子明浴頭笑語移刻而歸歲月旣久作一詩記之

朝來賣酒江南市日莫歸爲江北人禪老未嫌參請數漁舟空怪往來頻每慙菜飯分齋鉢時乞香泉洗病身世味漸消婚嫁了幅巾緇褐許相親

次韻子瞻感舊見寄

少年耽世味徘徊不能去老來悟前非尚愧昔遊處君才最高峙鶴行鷄羣中我雖非君對顧以兄弟同

結髮皆讀書明月入我牖縱橫萬餘卷臨紙但揮手
學成竟無用掩卷空自疑卻尋故山友重赴幽居期
秋風送餘熱冉冉如人老衣裘當及時田廬亦須早
種竹竹生筍種稻稻亦成浩歌歸來曲曲終有遺聲

次韻和人豐歲

風雨迎寒欲勞農今年眞不負元豐蓋藏共荷官無
擾眠食安知帝有功草笠黃冠將蜡祀羔羊朋酒亦
豳風請君早具躋堂飲退食委蛇正自公

同孔常父作張夫人詩

女子勿言弱男兒何必强君看張夫人身舉十五喪
頭上脫笄珥篋中斥襦裳築墳連丘山松柏鬱蒼蒼
親戚不爲助涕泣感道傍昔有王氏老身爲尚書郎
親死棄不葬簪裾日翱翔白骨委廬陵宦遊在岐陽

珍倣宋版印

一旦有丈夫，軒軒類佯狂。相面識心腹，開口言災祥。嗟汝平生事，不了令誰當。汝身暖絲綿，汝口甘稻粱。衣食未嘗廢，此事乃可忘。一言中肝心，投身拜其牀。傍人漫不知，相視空茫茫。終言汝不悛，物理久必償。兒女病手足，相隨就淪亡。鄙夫本愚悍，過耳風吹牆。明年及前期，長子憂骭瘍。一麾守巴峽，雙柩還故鄉。弱息雖僅存，蹣跚亦非良。誰言天地寬，網目固自張。古事遠不信，近事世所詳。企張非求福，禍敗當懲王。

嘉祐末年李士寧言王君事於右扶風其報甚速張夫人南都人孔推官常甫作詩言其賢邀余同作并言李生事或足以警世云

次煙字韻答黃庭堅

病臥江干鬚帶雪，老捻書卷眼生煙。貧如陶令仍耽酒，窮似湘纍不問天。令弟近應憐廢學，大兒昔許叩

延年比聞蔬茹隨僧供相見能容醉後顛魯直兄舊於齊州以養生見教

東軒長老二絕并叙

始余於官舍營東軒彭城曹君煥子文自浮光訪余於高安道過黃岡家兒子瞻以詩送之曰君到高安幾日迴一時抖擻舊塵埃贈君一籠牢收取盛取東軒長老來君過廬山見圓通知慎禪師出詩示之師嘗與余通書見之欣然明日謂君昨見黃州詩通夕不寐以一偈繼之曰東軒長老未相逢卻見黃州一信通何用揚眉資目擊須知千里事同風吾野人不能數為書君為我誦之而已君既至未暇及此客有自廬山至者曰慎師送客出門還入丈室燕坐而寂君乃具道其事余感之作

珍倣宋版印

二絶其一以答子瞻其二以答慎也

東軒正似虛空樣何處人家籠解盛縱使盛來無著處雪堂自有老師兄子瞻新築東坡雪堂

檐頭挑得黃州籠行過圓通一笑開卻到山前人已寂亦無一物可擔迴

題方子明道人東窗

紙窗雲葉淨香篆細煙青客到催茶磨泉聲響石缾禪關敲每應丹訣問無經贈我刀圭藥年來髮變星

次前韻

閉門何所事毛髮日青青齒折登山屐塵生貰酒缾調心開貝葉救病讀難經定起無人見寒燈一點星

迎寄王適

投竄千山恨不深扁舟夏涉氣如烝重來疋馬君何

事歸去飛鴻我未能養氣經年惟脫粟讀書終夜有
寒燈安心且作衰慵伴海底鯤魚會化鵬

王度支陶挽詞二首

風蹟殊不昧聲名豈偶然長途催騄驥爽氣激鷹鸇
薏苡成遺恨松楸卜遠年淒涼故吏盡誰泣鬣封前

又

京塵昔傾蓋江國見佳城零落舊冠劍艱難孝弟兄
存亡看世俗意氣憶平生曉鐸知人恨幽音亦未平

次韻陳師仲主簿見寄

朽株難刻畫枯葉任凋零舊友頻相問村酤獨未醒
山牙收細茗江實得流萍頗似申屠子都忘足被刖

寄題江渙長官南園茅齋

白髮辛勤困小邦塵勞坐使壯心降河陽罷後成南

珍倣宋版印

圃彭澤歸來臥北窗畦畔草生親荷鍤床頭酒熟自傾缸因君遣我添歸興舊有茅茨濯錦江

詠霜二首

江南雪不到霜露滿山村紙被欺氈厚茅簷笑瓦温何曾凝沼淥有意隔朝暾底日身無事高眠不出門

又

清霜欺客病乘夜逼窗扉坐睡依爐暖細聲聞葉飛蕉絺空滿篋砧杵旋催衣起看庭前草松筠未覺非

次韻吳厚秀才見寄

壯心摧折漸無餘早歲為文老不如登木求魚知我拙循窠覓兔笑君踈清樽獨酌夜方半白髮潛生歲欲除久恐交親還往絕床頭猶喜數行書

乾荔支

含露迎風惜不嘗故將赤日損容光紅消白瘦香猶
在想見當年十八娘
次韻王適元日并示曹煥二首
井底屠酥浸舊方床頭冬釀壓瓊漿舊來喜與門前
客終日同爲酒後狂老大心情今已盡塵埃鬢髮亦
無光江南留滯歸何日萬里逢春思故鄉
又
放逐三年未遣回復驚爆竹起春雷祈年粗有樽中
桂寄遠仍持嶺上梅莫笑牛貍抵羊酪漫將崖蜜代
官醅二君未肯嫌貧病猶得衰顏一笑開
寄梅仙觀楊智遠道士
道師近在真人峯欲往見之路無從去年許我入城
市塵埃暗天待不至莫往莫來勞我心道書寄我千

珍倣宋版印

黃金璽衣肉食思慮短文字滿前看不見口傳指授要有時脫去羅網當見之梅翁漢朝南昌尉手摩龍鱗言世事一朝拂衣去不還身騎白驎翳紅鸞我今雖復墮塵土道師何不與我語它年策足投名山相逢拍手一破顏

## 春雪

温風吹破臘留雪惱新春信逐殘梅到花從半夜匀旋消微覆瓦狂下亦欺人壓竹時聞落埋萱久未伸山川濛不解樓觀洗成新擁褐僧方睡開門客屢嚬爨煙知歲稔履迹笑吾貧畦凍初生韭泥融正賣薪寒魚爭就汕濁酒頗無巡預喜田宜麥槃飡餅餌頻

## 贈石臺問長老二絶 幷敘

石臺長老問公本成都吳氏子棄俗出家手書法

華經字細如黑蟻前後若一將誦之萬遍雖老而
精進不倦脇不至席者二十有三年余來高安以
鄉人相好蓋余懶而好睡見之惕然自警因贈之
二小詩云
法達曾經見老盧半生勤苦一朝虛心通口誦方無
礙笑把吳鸞細字書（蜀中藏經往往有古仙人吳采鸞細書經卷精妙可愛）
蒲團布衲一繩床心地虛明睡自亡長伴空中月天
子東方行道到西方

和毛國鎮白雲莊五詠

掬泉軒

卜築高深已有山起居清潤可無泉穿牆白練秋聲
細照屋清銅曉色鮮已放魚鰕嫌跳擲更除蘋藻任
漪漣只應明月中宵下長共禪心相向圓

珍倣宋版印

平溪堂

清溪似與隱君謀故入堂前漫不收盥手從今休汲井浮觴取意便臨流花漂澗谷來應遠石激琴箏久未休莫把朱欄强圍遶山家事事要清幽

眺遠臺

山似高人長遠人不登高處見無因築臺土石無多子照眼峯巒得許新陣馬奔騰時絶遠風濤舒卷忽無垠白雲自是逃名處猶恐此中藏隱淪

濯纓庵

臨池濯足惜泉清纓上無塵且强名橫木爲橋便獨往結茅依島類天成往還漸少人誰識寢食無爲身轉輕有似三吳朱處士釣魚誰與話西征

白雲莊偶題

歸去攜家住白雲雲中猿鶴許同羣陶公酒後詩偏好疎傅金餘客屢醺芒屩潛行逐漁釣壺漿時出勞耕耘卻看人世應微笑未熟黃粱晝夢紛

次韻王適落日江上二首

寒煙冪清江漁唱扁舟上江轉少人家自此知安往維舟倚叢薄明月獨相向欲曉醉應醒還逐輕鷗颺

又

稍息南市喧初上東山月潛魚忽驚踴飢鴈時斷絕落葉誤投籤繁霜疑積雪苦寒良難久愛此元氣潔

張秀才見寫陋容

潦倒形骸山上樗每經風雨輒凋疎勞君爲寫支離狀異日長看老病初落筆縱橫中自喜賦形深穩妙無餘偶然掛壁低頭笑俱幻何妨彼亦如

珍倣宋版印

同王適曹煥遊清居院步還所居

身爲江城吏心似野田叟尋僧忽忘歸飽食莫攜手畏人久成性路遶古城後茅茨遠相望鷄犬亦時有人還市井罷日落狐兔走迴風吹橫煙燒火卷林藪草深徑漸惡荊棘時掛肘褰裳涉沮洳斜絕汙池口投荒分岑寂敧側吾自取二君獨何爲經歲坐相守遊從乏車騎飲食厭菘韭周旋未忍棄辛苦亦何負歸來倚南窗試挹罇中酒笑問黃泥行此味還同否子瞻謫居齊安自臨皐亭遊東坡路過黃泥坂作黃泥坂詞二君皆新自齊安來故云

次韻王適春雨

久遭客禁往還稀風雨蕭條只自知春色有情猶入眼客愁無賴巧侵眉山僧寄語收茶日野老留人供社時久住不須嫌寂寞此間偏與拙相宜

和子瞻蜜酒歌

蜂王舉家千萬口黄蠟爲糧蜜爲酒口銜澗水拾花鬚沮洳滿房何不有山中醉飽誰得知割脾分蜜曾無遺調和知與酒同法試投麴糵真相宜城中禁酒如禁盜三百青銅愁杜老先生年來無俸錢一斗徑須囊一倒餔糟不聽漁父言煉蜜深愧仙人傳掉頭不問辟穀藥忍飢不如長醉眠

次韻講律李司理憲見贈

强將羔鴈聘黄晞破褐疎巾倚夕暉禮律縱横開卷盡虀鹽冷落待賢非日高几案弦歌罷夜永窗扉燈火微猶喜江邊莫春近舞雩風雨得同歸

次韻王適遊陳氏園

宿雨晴來春已晚衆花飄盡野猶香舞雩便可同沂

上飲禊何妨似洛陽新圃近聞穿沼闊漲江初喜放舟長年來簿領縈人甚何計相隨入醉鄉

答孔平仲二偈

熟睡將經作枕頭君家事業太悠悠要須睡著元非睡未可昏昏便爾休

龜毛兎角號空虛旣被無收豈是無自有眞無遍諸有燈光何礙也嫌渠

次韻柳眞公閑居春日

春寒漸欲減衣綿雨勢冥冥水拍天一局無言消日永新詩得意許人傳惜花田地應慵掃護筍藩籬可細編好事報君知我喜同官欲到得閑眠

次韻王適東軒卽事三首

新竹依墻未出尋墻東桃李卻成林池塘草長初饒

夢村落鷺啼恰稱心江滿船頭朝欲轉泥融屐齒莫尤深閉門憐子成書癖試買村醪相伴斟

眼看東隣五畝花茅簷竹戶野人家過墻每欲隨飛蝶歸舍誰憐已莫鴉幽客偶來成晚飯野僧何日寄新茶三年氣味長如此歸計遲遲也自嘉

北園春草徑微微未用頻教翦棘茨蜂陣紛紛初養蜜鸎巢淺淺欲生兒客情流水兼山遠歸夢遊絲向日遲懶病相將渾欲慣賴君索我強裁詩

送李憲司理還新喻

采芹芹已老浴沂沂尚寒蒯緱長嘆息苜蓿正闌干黃卷忘憂易青衫行路難歸耕未有計且復調閑官

問黃蘖長老疾

四大俱非五蘊空身心河岳盡消鎔病根何處容他

珍倣宋版印

住日夜還將藥石攻
復次煙字韻答黃大臨庭堅見寄二首
水竹遮藏自一川日高茅屋始炊煙犬牙舂米新秋
後麥粒烝茶欲社天冠蓋只今成棄物杉松宅日記
栽年定應笑我勞生在卯睡聞呼衣爲顛
十載懷思寤寐間新詩態度北雲煙清風吹我無千
里明月隨人共一天歸去林泉應避暑北征道路恐
經年與君共愧知時鶴養子先依黑柏顛
次韻子瞻臨臯新葺南堂五絕
江聲六月撼長堤雪嶺千重過屋西一葉軒昂方斷
渡南堂蕭散夢寒溪
旅食三年已是家堂成非陋亦非華何方道士知人
意授與爐中一粒砂

北牖清風正滿床東坡野菜漫充腸華池自有醍醐
味丈室仍聞薝蔔香
隣人漸熟容賒酒故客親留爲種蔬任穩不論歸有
日船通何患出無車
客去知公醉欲眠酒醒寒月墮江煙床頭復有三升
蜜貧困相資恐是天

次韻王適大水

高安昔到歲方閏大水初去城如墟危譙墮地瓦破
裂長橋斷纜船逃逋漂浮隙穴亂羣蟻奔走沙礫摧
嘉蔬里閭破散兵火後飲食敝陋魚鰕餘投荒豈復
有便地遇災秪復傷羸軀人言西有蛟蜃穴閏年每
與風雷俱漫溝溢壑恣游蕩傾崖拔木曾須臾雞豚
浪走不復保老稚裸泣空長吁滯留再與茲水會論

珍倣宋版印

胥未哂斯民愚人生所遇偶然耳得失何用分錙銖

贈三局能師二絶

得失從來似偶然因師聊復問行年此生竟墮陰陽數方信修行力未全

旅食江干秋復春歸耕未遂不勝貧憑師細考何年月可買山田養病身

臨川陳憲大夫挽詞二首

一時冠蓋盛臨川直亮推公益友先淡泊朱絲初少味蕭疎翠竹久彌鮮崎嶇處世曾何病奔走成功亦偶然天理更疎終不失雍雍今見子孫賢

五月扁舟憶過門哀憐逐客爲招魂開樽不惜清泉潔揮汗相看白雨飜病起清言驚苦瘦歸休尺牘尚相存秋風灑涕松楸外談笑猶疑對竹軒公家有竹軒轍嘗賦

次韻知郡賈蕃大夫思歸

江城漂泊最多時邂逅誰令長者期得坎浮槎應有命投林驚鵲且安枝何年笑語還留客終日勤勞數問兒鈴閣清虛非此比秋風歸興恐非宜

久不作詩呈王適

憐君多病仍經暑笑我微官長坐曹落日東軒談不足秋風北棹意空勞懶將詞賦占鵩臆頻夢江湖把蟹螯筆硯生塵空度日他年何用繼離騷

喜王鞏承事北歸

同罪南遷驚最遠乘流北下喜先歸謂言一笑秋風後卻顧千山驛路非嶺外雲煙隨夢遠江邊魚蟹為人肥還家嫁女都無事臥讀詩書晝掩扉

予初到筠卽於酒務庭中種竹四叢杉二本及今三年二物皆茂秋八月洗竹培杉偶賦短篇呈同官

種竹成叢杉出簷三年慰我病厭厭翦除亂葉風初好封植孤根筍自添高節不知塵土辱堅姿試待雪霜霑屬君留取障斜日仍記當年此滯淹

和王鞏見寄三首

南還春及秋江湖未云半逮此歸路長始悟行日遠幽憂脫沉痼清夢驚婉娩行行逢故人笑語雜悲泫

又

江秋北風多歸帆未應駛天寒鴈南向家書空滿紙契闊幸安平婚嫁須纓珥交遊何爲者空復念君至

又

折葉每安心連環非所計感君扁舟返念我一塵廢
懷思樂全老疇昔忘言契丹砂儻已成白首願終惠

復次韻

滕王閣在誰攜手徐孺湖寬可放情楚客解書南國
恨秦箏助發上林鷺繫匏獨負杯中物擁鼻知逢洛
下生問得長鬚添夢想蓬窗燈火達天明（近遣僕至鍾陵還詣定國與黃君魯直會於舟中燈火終夜而去）

孔毅父封君挽詞二首

交契良人厚家風季婦賢詩書中有助蘋藻歲無愆
象服期它日恩封屬此年神傷自不覺弔客問潸然

又

別日笑言重歸來藥餌憂鍾歌掩不試貝葉亂誰收
恨極囊封在情多壠木稠埋文應自作一一記徽猷

珍倣宋版印

上高息軒起亭二絕

山下清谿谿上市谿光山色映人煙幽亭正在人聲裏長與谿山共寂然

溪父起收罾下鯉山翁起賣焙中茶長官亦與人俱起笑擁黄紬放早衙

九月十一日書事

東墻瘦菊早開花九日金鈿已自嘉黍麥候遲初響甕米鹽法細未還家潑醅昨夜驚泉涌洗盞今晨聽婦誇歸採菜莢重一醉不須怪問日時差

和王適寒夜讀書

久從市井役百事廢不理感君讀書篇惜此寒夜晷殷勤附燈燭黽勉就圖史逡巡揖虞夏汗漫馳劉李斯文家舊物早歲夙從事一從纂羶腥中棄如敝屣

今夕亦何夕忽如舊遊至終篇再三歎推枕不成寐
人生無百年所欲知有幾懸知未必得奔走若趨市
微言寄翰墨開卷入心耳胡爲棄不收所逐在難覬

和王適新葺小室

向日堂東一室存竹爲窗壁席爲門心如白月光長
照氣結丹砂體自温飯軟莫嫌紅米賤酒香故取潑
醅渾宅年一笑同誰說伴我三年江上村

病中賈大夫相訪因遊中宮僧舍二首

江城寒氣入肌膚得告歸來强自扶五馬獨能尋杜
老一床深愧致文殊體虛正覺身如幻談劇能令病
自無明日出門還擾擾年來真畏酒家壚
東隣脩竹野僧家亂柳枯桑一徑斜逐客慣曾迂短
策使君何事駐高牙蕭條巳似連村塢邂逅應容設

珍倣宋版印

晚茶慙愧病夫無氣力隔墻空聽吏兵譁

和王適炙背讀書

少年讀書處寒夜冷無火老來百事慵炙背但空坐眼昏愁細書把卷惟恐臥寒衣補故褐家釀熟新糯微微窗影斜曖曖雲陰過昏然偶成寐鼻息已無奈兒童更笑呼書冊正前墮衰懶今自由不復問冬課

同王適賦雪

北風吹雨雨不斷遍滿虛空作飛霰紙窗獨臥不成眠茅屋無聲時一泫烏鳥錯莫寒未起庭戶空明夜驚旦重樓複閣爛生光絕澗連山漫不見夾砌雙杉洗更碧滿田碧草埋應爛城中閉戶無履迹市上孤烟數晨爨細排玉著短垂簷暗結輕冰時入研撥灰有客顧樽俎迹兎何人試鷹犬未容行役掃車轂應

有老農歌麥飯一來江城若俄頃四見百花飛面旋
坐看酒甕誰敢嘗歸踏氷泥屢成濺年來橋板斷不
屬莫出肩輿足憂患到家昏黑空自笑愬婦勤勞每
長歎牀頭有酒未用沽囊裏無錢不勞算更令雪片
大如手終勝溪瘴長熏眼謁告猶能不出門典衣共
子成高讌

欒城集卷第十二

珍倣宋版印

# 欒城集卷第十三

詩八十六首

除夜

老去不自覺歲除空一驚深知無得喪久已罷經營
黃卷譏前失清樽借後生何年遂疎懶伏臘任躬耕

種蘭

蘭生幽谷無人識客種東軒遺我香知有清芬能解
穢更憐細葉巧淩霜根便密石秋芳早叢倚脩筠午
蔭涼欲遣蘼蕪共堂下眼前長見楚詞章

上元夜

新春收積雨明月澹微雲照水疎燈出因風遠樂聞
天涯仍有節人事竟何分賣酒真拘束何時一醉醺

次韻王適上元夜二首

燈光欲凝不驚風月色初晴若發蒙覊客不眠詩未
就遊人半醉夜方中荒城熠燿相明滅野水芙蕖亂
白紅知欲訪僧同寂寂應憐病懶畏爞爞
宿雨初乾試火城端居無計伴遊行厭看門外繁星
動想見僧窻一點明老罷逢春無樂事夢回孤枕有
鄉情重因佳句思樊口一紙家書百鎰輕
王子立與遲等遊陳家園橋敗幾不成行晚
自酒務往見之明日雨作偶爾成詠
桃李城東近不遙偶聞花發喜相邀斷橋似欲妨佳
思好雨猶能借此朝隨分開樽依綠草偶然信馬及
餘瓢重來莫道無閑暇紫燕黃鸝日漸嬌
幽蘭花二絶
李徑桃蹊次第開穠香百和襲人來春風欲擅秋風

珍倣宋版印

巧催出幽蘭繼落梅
珍重幽蘭開一枝清香耿耿聽猶疑定應欲較香高
下故取羣芳競發時

胡長史祠堂

白首青衫仍隱居晚拋環堵就安輿生芻忽改蒸嘗
地函丈空悲講解餘弟子璵璠相照耀兒孫松桂共
扶疎我來恨不瞻遺老空怪鄉鄰盡讀書

孫賓叟道人

萬里飄然不繫舟酒壚一笑便相投千金不換金丹
訣何事惟須一布裘

新橋

六月長橋斷不收朱欄初喜映春流虹腰宛轉三百
尺鯨背參差十五舟入市樵蘇看絡繹歸家鹽酪免

遲留病夫最與民同喜卯酉忽忽無復憂

曾子宣郡太挽詞二首

族大徽音遠年高福祚多生兒盡龍虎封國裂山河

象服驚初擗埋文信不磨送車江郭滿咽絕聽哀歌

又

安輿遍西北丹旐歷江湖存沒終無憾哀榮兩得俱

新封崇馬鬣餘福薦浮圖家法蘋蘩在空堂始一虞

曾子固舍人挽詞

少年漂泊馬光祿末路騫騰朱會稽儒術遠追齊稷

下文詞近比漢京西平生碑版無容繼此日銘詩誰

爲題試數廬陵門下士十年零落曉星低

次韻王適一百五日太平寺看花二絕

遍入僧房花照眼細尋芳徑蝶隨行歸時不怕江波

珍倣宋版印

晚新有橋虹水上横

小檻明窻曾不住閑花芳草遣誰栽但須匹馬尋幽勝擕取清樽到處開

又次韻遊小雲居

溪上浮花片片輕泝流登岸得山行僧房幽絶雲居小春日陰晴野色明永遠林棲真有道溺沮耕養亦忘情此身此意何年遂空使常談笑老生

次韻秦觀梅花

病夫毛骨日凋槁愁見米鹽惟醉倒忽傳騷客賦寒梅感物傷春同懊惱江邊不識朔風勁牆頭亦有南枝早未開素質夜先明半落清香春更好鄰家小婦學閑媚靚粧惟有長眉掃孤芳已與飛霰競結子仍先百花老苦遭横笛亂飛英不見遊人醉芳草可憐

物性空自知羞作繁華助芒昊

復次前韻答潛師

憐君古木依巖槁西江飲盡須彌倒野花幽草亦何爲嶮韻高篇空自惱萬點浮溪輒長歎一枝過嶺仍誇早拾香不忍遊塵汙嚼蘂更憐真味好道人遇物心有得瓦竹相敲緣自掃誰知真妄了不妨令我至今思璉老妙明精覺昔未識但向閑窻看詩草浮雲時起鳥四飛畢竟安能亂清昊

景福順老夜坐道古人搐鼻語

中年聞道覺前非邂逅仍逢老順師搐鼻徑參真面目掉頭不受別鉗鎚枯藤破衲公何事白酒青鹽我是誰慚愧東軒殘月上一盃甘露滑如飴

畫枕屏

繩床竹簟曲屏風野水遙山霧雨濛長有灘頭釣魚
叟伴人閑臥寂寥中

次韻王適留別

遠謫勞君兩度行復將文字試平衡干時豈爲斗升
祿聞道應忘寵辱驚未了新書誰與讀重留佳句不
勝情決科事畢知君喜俗學消磨意自清

次韻子瞻特來高安相別先寄遲适遠卻寄
邁迨過遯

老兄騎驢日百里據鞍作詩若飜水忽吟春草思惠
連因之亦夢添丁子羣兒競長堪一笑老馬臥餐何
日起聞兄盡室皆舊人見面未曾惟遯耳遲年最長
二十六已能幹父窮愁裏豫兒揚眉稍剛勁黨子溫
純無慍喜我兄憔悴我亦窮門戶久長眞待爾但令

戢戢見頭角甑倒囊空定何恥家藏萬卷須盡讀此
外一簪無所恃船中未用廢詩書閉窻莫看江山美

次韻子瞻端午日與遲适遠三子出遊

人生逾四十朝日已過午一違少壯樂日迫老病苦
丹心變爲灰白髮粲可數惟當理鉏耰教子蓺稷黍
誰令觸網羅展轉在荊楚平生手足親但作十日語
朝游隔提攜夜臥困烝煮未歌唐棣詩已治蜀靈祖
士生際風雲富貴若騎虎奈何貧賤中所欲空齟齬

次韻子瞻留別三首

公來十日坐東軒手自披雲出朝日山川滿目竟何
有波浪翻天同一濕諸門迭出驚異狀間道懷歸終
舊壁此行千里隔江河何人更問維摩疾
野人性似修行僧長願幽居近林麓南遷無計脫簪

珍倣宋版印

組西歸誰爲栽松竹頭上白雲卽飛蓋耳畔清泉當鳴玉洛川猶是冠蓋林更願高飛逐黃鵠東西南北無住身羯末封胡四男子彫鎪不遺治章句爛漫先令飽文字疎慵嗟我厲之人生子夜中唯恐似傳家粗足不願餘同駕柴車還我里

次韻子瞻行至奉新見寄

四年侯公書長視飛鴻背十日留公談欲作白蓮會筠州無可與者往還惟一二僧耳匏瓜一遭繫賣酒長不在夜歸步江湑明月照清瀨心開忽自得語異竟非背音偕一樽談笑閒萬事寂寥外欲同千里行奈此一官礙何年眞耦耕舉世無此大

贈醫僧鑒清二絶

肘後醫方老更精鬚眉白盡氣彌清只應救病能無

病豈是平生學養生
門人久作開堂老庭檜看成合抱圍宅日浴堂歸洗
背回頭還解放光輝

贈醫僧善正

老怯江邊瘴癘鄉城東時喜到公房歷言五藏如經
眼欲去三彭自有方身厭遠遊安靜默術因多病更
深長時時爲我談尊宿曾入南公古道場

食菱

野沼漲清泉烏菱不直錢蟹肥螯正滿石破髓初堅
節物秋風早樽罍夜月偏令人思淮上小舫藕如椽

留滯高安四年有餘忽得信聞當除官真楊
間偶成小詩書于屋壁

數間茅屋久蹉跎四見秋風入薜蘿北棹偶然追鴈

珍倣宋版印

羽南公誰復伴漁蓑三年賈傅驚吾老九歲劉郎愧
爾多此去仍家江海上不妨一葉弄清波

洪休上人少年讀書以多病出家居汾潭爲

馬祖脩塔以三絕句來謁答一首

早除郎將少年狂祖塔結緣歸故鄉習氣未消餘業
在逢人依舊琢詩章

勉子瞻失幹子二首

人生本無有衆幻妄聚耳手足非吾親何況妻與子
偶來似可樂强作室家喜忽去未免悲欣戚要矜毀
君家兩歲兒畢竟何自始變化違初心涕泗劇飜水
吾儕近始悟造物聊復試道力竟未完聰明信難恃

又

破甑不復顧彼無愛甑心棄璧負赤子始驗愛子深

誠知均非我胡爲有不能一從三界遊久被百物侵
朝與喜怒交莫與寵辱臨四物皆不勝生死獨未曾
不經大火燒孰爲真黃金棄置父子恩長住旃檀林

偶遊大愚見餘杭明雅照師舊識子瞻能言

西湖舊遊將行賦詩送之

五年賣鹽酒勝事不復知城東古道場蕭瑟寒松姿
出遊誠偶爾相逢亦不期西軒吳越僧弛擔未多時
言住西湖中巖谷涵清漪却背閭井喧曲盡水石奇
昔年蘇夫子杖屨無不之三百六十寺處處題清詩
麋鹿盡相識況乃比丘師辯淨二老人精明吐琉璃
笑言每忘去蒲褐相依隨門人几杖立往往聞談詞
風雲一解散變化何不爲辯入三昧火卯塔長松敧
淨老不復出麈尾清風施蘇公得罪去布衣拂霜髭

珍倣宋版印

空存壁間字鬱屈蟠蛟螭知我即兄弟微官此棲遲

問何久自苦五斗寧免飢俯首笑不答且爾聊敖嬉

我兄次公狂我復長康癡反復自爲計定知山中宜

但欲畢昏娶每爲故人疑君歸漫洒掃野鶴非長羈

將移績溪令

坐看酒壚今五年恩移巖邑稍西還宅年貧富隨天

與何日身心聽我閑山栗似拳應自飽蜂糖如土不

須慳仲卿意向桐鄉好身後烝嘗亦此間

約洞山文老夜話

山中十月定多寒纔過開爐便出山堂衆久參緣自

熟郡人迎請怪忙還問公勝法須時見要我清談有

夜闌今夕客房應不睡欲隨明月到林間

將之績溪夢中賦泊舟野步

扁舟逢野岸試出步崇岡山轉得幽谷人家餘夕陽
袚畦多緑茹堆屋剩黄粱深羡安居樂誰令志四方

謝洞山石臺遠來訪別

竄逐深山無友朋往還但有兩三僧共遊渤澥無邊
處扶出須彌最上層未盡俗緣終引去稍諳真際自
虛澄坐令顛老時奔走竊比韓公愧未能

贈方子明道人

水銀成銀利十倍丹砂爲金世無對此人靳術不肯
傳闔戸泥墻畏天戒今子何爲與我言人生貧富寧
非天鉗鎚槖籥枉心力虀鹽布被隨因緣我來江西
晚聞道一言契我心所好廓然正若大虛空平生伎
倆都除掃子言舊事淨慈師未斷有爲非淨慈此術
要將救飢耳人人有命何憂飢

珍倣宋版印

回寄聖壽聰老

五年依止白蓮社百度追尋丈室遊睡待磨茶長展轉病蒙煎藥久遲留贊公夜宿詩仍作巽老堂成記許求回首萬緣俱一夢故應此物未沉浮

乘小舟出筠江二首

短舫漂浮真似葉小篷低淺僅如巢幽吟但覺山川走困睡不知風雨交紅飯白醪供醉飽青蓑黄篛可纏包一竿鶴髮宅年事萬斛龍驤任見嘲

宦遊欲學林間鵲每到新年旋疊巢篷篛籠船聊似屋漁樵把臂便成交不妨袖裏攜詩卷尚可床頭置藥包古史欲成身愈困客來未免答譏嘲

寄題孔氏顏樂亭

顏巷久已空顏井固不遷荆榛翳蔓草中有百尺泉

誰復飲此水裏飯耕廢田有賢孔氏孫芟夷發清源
廢床見綆刻古甃昏苔痕引瓶注瓢樽千歲忽復然
嗟哉古君子至此良獨難口腹不擇味四體不擇安
遇物一皆可孰爲我憂患阮生未忘酒嵇生未忘鍛
欲忘富貴樂託物僅自完無託中自得嗟哉彼誠賢

徐孺亭

徐君鬱鬱澗底松陳君落落堂上棟澗深松茂不遭
伐堂毀棟折傷其躬二人出處勢不合譬如日月行
西東胡爲賓主兩相好一榻挂壁吹清風人生遇合
何必同一朝利盡更相攻先號後笑不須怪外物未
可凝心胸比干諫死微子去自古不辨汙與隆我來
故國空歎息城東舊宅生茅蓬平湖十頃照清廟獨
畫徐子遺陳公二人皆合配社稷胡不相對祠堂中

## 滕王閣

客從筠溪來敢仄困一葉忽逢章貢餘滉蕩天水接風霜出州渚草木見毫末勢奔西山浮聲動古城嶪樓觀卻相倚山川互開闔心驚魚龍會目送鳧鴈滅遙瞻客帆久更悟江流闊使君東魯儒府有徐孺榻高談對賓旅確論精到骨餘思屬湖山登臨寄遺堞驕王應笑滕狂客亦憐勃萬錢罄一飯千金賣豐碣豪風相凌蕩俳語終倉猝（歐陽文忠公嘗云王勃記文似俳而唐人貴之如此何也）事往空長江人來逐飛楫短篇竟蕪陋絕景費彈壓但當倒罌瓶一醉付江月

## 次韻道潛南康見寄

一葉追隨魚與龍紅粳白酒幸年豐也知山色遙相待苦畏君詩欲見攻乘興風帆終日去尋幽蠟屐及

春同請君先入開先寺待濯清溪看玉虹

車浮 并敘

結木如巢承之以簀沉之水中以浮識其處方舟載兩輪挽而出之漁人謂之車浮此詩所謂汕也與遲适同作車浮詩

寒魚得汕便爲家兩兩方舟載小車謀食旋遭芳餌誤求安仍值積薪遮情存未免人先得欲盡要令物莫加身似虛舟任千里世間何處有罦罝

題都昌清隱禪院

北風江上落潮痕恨不乘舟便到門樓觀飛翔山斷際松筠陰翳水來源升堂猿鳥晨窺坐乞食帆檣莫遶村誰道谿巖許深處一番行草認元昆長老惟湜會識子瞻兄於淨因有簡刻石

珍倣宋版印

送章戶掾赴澧州

江船不厭窄船窄始宜行風裏長先過灘頭一倍輕迎親無惡處祿養勝躬耕澧上春蘭早猶堪弔屈生

除夜泊彭蠡湖遇大風雪

莫發鄡陽市曉撈彭蠡口微風吹人衣霧逵廬山首舟人釋篙笑此是風伯候杙舟未及深飛沙忽狂走晴空轉車轂淥水起岡阜衆帆落高張斷纜已不救我舟舊如山此日亦何有老心畏波瀾歸臥塞牕牖土囊一已發萬竅無不奏初疑丘山裂復恐蛟蜃鬬鼓鍾相轟豗戈甲互磨叩雲霓黑旗展林木萬弩彀曳柴眩人心振旅擁軍後或爲鸛鵝吟或作倉兕吼衆音雜呼吸異出殊圈臼中宵變凝冽飛霰集粉糅簫騷蓬響乾晃蕩牕光透堅凝忽成積澎湃殊未究

紆縞鋪前洲瓊瑰琢遥岫山川莽同色高下齊一覆
淵深竄魚鼈野曠絶鳴雊孤舟四鄰斷餘食數升糗
寒虀僅盈盎腊肉不滿豆敝裘擁衾眠微火拾薪搆
可憐道路窮坐使妻子詬幽奇雖云極岑寂頃未覯
一年行將除茲歲真浪受朝來陰雲剝林表紅日漏
風稜恬已收江練平不縐兩槳舞夷猶連峯吐奇秀
同行賀安穩所識問癯瘦驚餘空自憐夢覺定真否
春陽著城邑屋瓦凍初溜艱難當有償爛熳醉醇酎

正旦夜夢李士寧過我談說神怪久之草草
爲具仍以一小詩贈之

先生惠然肯見客旋買雞豚旋烹炙人間飲食未須
嫌歸去蓬壺却無喫

舟中風雪五絶

北風吹雪密還稀雪勢漸多風力微孤棹獨依銀世界山川路絶欲安歸
曉風吹浪作銀山夜雪爭妍布玉田風力漸衰波更惡通宵撼我正安眠
擁纜埋蓬不見船船窗一點莫燈然幽人永夜歌黃竹賴有丹砂煖寸田
濁醪麤飯不成歡白浪飛花雪作團窗外時來一雙鴨浮沉笑我不禁寒
江面澄清雪未融扁舟蕩漾水無蹤篙師不用匆匆去遍看廬山羣玉峯

題南康太守宅五老亭

五老高閑不入城閑軒肯就使君迎坐中莫著閑賓客物外新成六弟兄雲氣飄浮衣袂舉泉流灑落佩

環聲岌然終日俱無語靜壽相看意自明

書廬山劉顗宮苑屋壁三絕

山西舊將本書生歸老巖間未厭兵臥聞布水中宵起錯認邊風萬馬聲

雕弓掛壁恥言勳出入樵漁便作羣五馬親來看射虎不愁醉尉惱將軍

肩輿已棄躡風騅舊物仍存楊柳枝一曲清歌尤近好五陵故態未全衰

再遊盧山三首

當年五月訪廬山山翠溪聲寢食間藤杖復隨春色到寒泉頓與客心閑巖頭懸布煎茶足峽口驚雷泛葉慳待得前村新雨遍扁舟應逐好風還

憶自栖賢夜入城道邊蘭若一僧迎偶然不到終遺

珍倣宋版印

恨特地來遊慰昔情海外聲聞安至此堂中天鼓爲誰鳴匆匆復向深山去一盞醍醐飽粟罌（羅漢院有新羅羅漢堂中法鼓特大）

此山巖谷不知重赤眼浮圖自一峯芒蹻隨僧踐黃葉曉光消雪墮長松石泉試飲先師錫午飯歸尋下寺鐘勝處轉多渾恐忘出山惟見白雲濃

汲陽阻風

鍾陵距池陽相望千里內江神欺我貧屢作風雨礙欲投皖公宿三日逢一噫孤蓬面空山朝食淡無菜白醪幸餘瀝黃卷漫相對飢吟非吾病疾走老所戒焦先近不遠蝸舍閒尚在區區問養生借我一帆快

張嘉祐

道人何爲者陽狂時放言寶塔昔所構鐵券今尚存

此張所言其餘都不可曉漫浪難究悉孰知彼根源草庵劣容膝
俯仰拳肩跟無食輒行乞一飽常閑門爾來二十年
未嘗變寒温嗟哉豈徒然此意未易言偶來一笑喜
但恐笑我昏

效韋蘇州調嘯詞二首

漁父漁父水上微風細雨青簑黄篛裳衣紅酒白魚
莫歸莫歸莫歸歸莫長笛一聲何處
歸鴈歸鴈飲啄江南南岸將飛却下盤桓塞北春來
苦寒苦寒苦寒寒苦藻荇欲生且住

至池州贈陳鼎秀才

淮陽學舍舊相依常誦曹溪第一機却到江西心有
悟回看過去事皆非孤舟遠適身如寄二頃躬耕道
自肥欲看齊山君去否閑中徒侶近來稀

次韻遲初入宣河

遠客安長道低篷稱小溪雲添濕帆雨舟滯沒蒿泥草綠耕牛健村深候鳥啼陶翁方作令歸去未成題

次韻侯宣州利建招致政汪大夫

社甕壺漿接四鄰肩輿拄杖試紅塵慣眠林下三竿日來看城中萬井春世上升沉無限事樽前强健不貲身經過已足知公政長見車中有老人

次韻侯宣城疊嶂樓雙溪閣長篇

作官如負擔一負當且弛不知息肩處妄問道遠邇我乘章江流却入宛溪水捨舟陟崔嵬行路極句已名都便欲過佳處賴公指仰攀疊嶂高俯閱雙溪美不悟身乘空但覺風吹耳雲煙變遙壑歌吹聞近市倦遊得清曠行役有新喜公言頃榛穢斬伐從我始

堰水種蒲蓮開山蒔梅李擁本待成陰養花要食子遺風揖桓謝父老邀黃綺邦人魚依蒲食客莪在沚春陰迫寒食謂我姑且止嗟余去鄉國屢把刀環視感公鵠鷺儕憐我鳬鴨庳異邦逢故人寧復固辭理高談雲漢上爛醉笙歌裏落日盡公歡推挽未應起

初到績溪眎事三日出城南謁二祠遊石照偶成四小詩呈諸同官一首謁梓橦廟二首謁汪王廟三首四首游石照

行年五十治丘民初學催科愧廟神無限青山不容隱却看黃卷自憐貧雨餘嶺上雲披絮石淺溪頭水蹙鱗指點縣城如手大門前五柳正搖春

石門南出衆山巔沃壤清溪自一川老令舊諳田事樂春耕正及雨晴天可憐鞭撻終無補早向叢祠乞有年歸告仇梅省文字麥苗含穗欲蠶眠

行盡清溪到碧峯陰崖翠壁畫杉松故留石照邀行
客上徹青山最後重
雨開石照正新磨鳥度猿攀野老過忽見塵容應笑
我年來底事白鬚多
縣中諸花多交代江君所栽牡丹已過芍藥
方盛偶寄小詩
偶來山邑便成家慚愧潘生滿縣花想見清樽檻邊
飲尚留佳句壁閒誇根株未老年年好豔色方穠日
日加聞道北遊無意味春深河上足風沙
楊主簿日本扇
扇從日本來風非日本風風非扇中出問風本何從
風亦不自知當復問大空空若是風穴既自與物同
同物豈空性是物非風宗但執日本扇風來自無窮

次韻答人幽蘭

幽花耿耿意羞春紉佩何人香滿身一寸芳心須自保長松百尺有爲薪

次韻江法曹山間小酌

高情不奈簿書圍行揖青山肯見隨綠野逢花將盡日清樽追我正閑時詹閑雙鷺欲生子葉底新梅初滿枝笑殺華陽窮縣令床頭酒盡只嚬眉

官舍小池有鸂鶒遺二小雛二首

半畝清池藻荇香一雙鸂鶒競悠揚來從碧澗巢安在飛過重城毋自將野鳥似非官舍物宰君昔是釣魚郎直言愧比奇章老得縣無心更激昂

清池定誰主鸂鶒自來馴知我無傷意憐渠解託身橋陰棲息穩島外往來頻勿食遊魚子從交長細鱗

珍倣宋版印

次韻答人見寄

對案青山雲氣騰天將隙地養無能牕扉迎暑梅將溜虛市無人冷欲冰寂默忘言慚社鷰毰毸困睡比春鷹深知大府容衰病復值年來蠶麥登

次韻答魏孝仙檻竹

猗猗元自直落落不須扶密節風吹展清陰月共鋪叢長傲霜雪根瘦恥泥塗更種愁無地應須翦碧蘆

欒城集卷第十三

西元二〇二二年一月一日重製一版

欒城集　冊一（宋蘇轍撰）

平裝四冊基本定價參仟元正
（郵運匯費另加）

發行人　張敏君
發行處　中華書局
臺北市內湖區舊宗路二段一八一巷八號五樓（5FL., No. 8, Lane 181, JIOU-TZUNG Rd., Sec 2, NEI HU, TAIPEI, 11494, TAIWAN）
客服電話：886-8797-8396
公司傳真：886-8797-8909
匯款帳戶：華南商業銀行西湖分行
179100026931
印　刷：維中科技有限公司
海瑞印刷品有限公司

版權所有
不准翻印

No. N3078-1

國家圖書館出版品預行編目(CIP)資料

樂城集/(宋)蘇轍撰. -- 重製一版. -- 臺北市 : 中華書局,
2022.01
冊 ;　公分
ISBN 978-986-5512-72-9(全套 : 平裝)

845.16　　110021466